心配しないでモンスター

Don't Worry Monster

平安寿子
ASUKO TAIRA

幻冬舎

心配しないで、モンスター

平 安寿子

Contents

心配しないで、モンスター

目次

Don't Worry Monster

Asuko Taira

装丁　米谷テツヤ

丘の上の馬鹿になりたい

女たちよ、覚悟せよ。ばあさんライフは、しんどいぞ。

若い女の生きる道は、ばあさんライフよりきついのだ。

というのは、ばあさんのひがみが言わせる嫌みだがね。


ばあさんだって若い頃は、パンツが見えそうな短いスカートはいて、ハイヒールの細い踵《かかと》カンカン鳴らしながら、駅の階段を駆け下りていたのだ。夏はビーチでビキニ姿を見せびらかし、冬はゲレンデで可愛く尻餅《しりもち》ついては「キャー」なんて黄色い声をあげていたさ。

髪は伸ばしたり、切ったり、縦ロールにしたり、ナチュラルウェーブにしたり、茶色く染めたり、メッシュにしたり、流行に合わせて毎年変えた。

おいしいものをたらふく食って、ダイエットして、リバウンドして、エアロビクスして、ヨガもやって、なんだかんだでスポーツウェアを買い込みましたね。

毎日、鏡の前にいる時間が長かった。あっち向いたり、こっち向いたり、セクシーポーズ作ったり。

ばあさんになったら、そんなこと全部、無縁になる。

階段を駆け下りるなんて、とんでもないよ。履きやすく脱ぎやすいウォーキングシューズで、手すりにすがって、お尻突き出して、そろそろ歩く。なんてったって、怖いのは転倒だからね。ばあさんになると、転倒、即、骨折だ。

第一、ばあさんは走れない。とぼとぼ歩くだけだ。それでも、転ぶのだよ。一センチの段差に爪先ひっかけたら最後、九十八パーセントの確率で転ぶね。

白髪頭は染めているうちに、髪の毛が細くなり、量が減って薄くもなるから、ウィッグでごまかすしかなくなる。

髪だけじゃないよ。脇毛も足のむだ毛も陰毛も、毛という毛が薄くなる。再生能力の低下を痛感させられるね。それでいて、爪は伸びるんだよ。けど、皮膚に食い込むように伸びるから、切るのに一苦労する。大体、爪切りという道具がいけませんよ。爪切るのに、どうしてあんなに力が要るの?

ええ、ええ、わかってますよ。若けりゃ、あんなの、どうってことない。ペットボトルの蓋《ふた》を開けるのも、プルトップを引き開けるのも、「あらよ、スポン!」ってなもんだ。

ばあさんの家では、ミネラルウォーターもマヨネーズも福神漬けも、保湿クリームもヒアルロン酸入り化粧水もシャンプーも、蓋がゆるゆるだ。本人がたるむと、身の回りの物までゆるむのである。

そうそう。喉《のど》の通りも悪くなった。お茶でもお酒でも、がぶ飲みができなくなった。あおむいて流し込んだ液体の半分がたが食道の入り口でせき止められて、ブシャッとむせて、口から鼻からダラダラ漏れて、みっともないったらありゃしない。

漏れるといえば、おしっこも漏れるよ、言っておくけど。

生体機能は衰退の一途。それでも、コレステロールが高いの、寝つきが悪いの、骨が弱いのと、どんどん薬を処方され、薬漬けで長生きさせられて、青息吐息だわさ。

ばあさん、生き難し。ああ、無情。


なんてことを、金森《かなもり》カナエは考える。鏡を見ながら、考える。五十九歳の春である。

カナエは去年まで、おばさんだった。だが、ここへ来て、おばさんではなくなりつつあることを無念と共に噛みしめている。

去年までは、まだまだ十分、おばさんの段階だった。ごま塩頭だが、白髪率は四割くらいだ。お肌のたるみやくすみもあるけど、しわくちゃババアじゃないもんね。骨密度だって、この年齢の平均値からすると九十二パーセントで、若年成人のそれと比べたら八十パーセントときたもんだ。なんか知らんが、骨粗鬆症《こつそしょう》ではないのは確かだ。見た目にも、背中は丸くなってない。

老眼はもう、あなた、仕方ありませんわよ。それに、老眼鏡は目の周辺の顕著なたるみを隠してくれるから、結果オーライ。

そりゃ、コレステロールを下げる薬は飲んでますよ。眼科医には、白内障の進行は止められないから、いずれは手術を受けることになるだろうと言われた。年をとると足が上がりにくくなって転倒するのだから、腿上《ももあ》げ運動、爪先を上げる運動などをして、筋肉を鍛えなさいとも注意されている。

けど、まだ大丈夫よ。

強がりでも自惚《うぬぼ》れでもなく、本当にそう思っていた。

それなのに、ああ、それなのに、一年過ぎたら、すべてが変わった。しわもシミも増えた。老眼鏡の度が強くなった。気がつくと、首が前に傾き、猫背になっている。階段を上り下りするときは、自然と手すりにつかまっている。

じりじりと滲《にじ》み出していたばあさん色が、今やカナエの全体に広がっている。老眼の目にも、明らかだ。

ついに、ばあさんデビュー。

しょうがない。生まれたときから、ばあさんだったわけじゃない。小娘から娘になり、女になり、おばさんになって、ばあさんに行き着いた。

後悔は山々あれど、時の流れに身を任せ、お迎えが来るまで、だましだまし、やっていこう。そして、泰然と老いを受け入れ、あんなばあさんになりたいものだと周囲を唸《うな》らせる、毅然《きぜん》たるばあさんを目指すのだよ。

自分にそう言い聞かせる、健気《けなげ》な五十九歳の乙女心を誰が知る？

「カナちゃん、意気地《いくじ》なしねえ。そうやって自分からばあさん宣言して、いろんなことをあきらめちゃうと、老けが二倍増しで進むよ」

籐《とう》椅子の上であぐらを組み、話を聞いていた珠美《たまみ》が、鼻先に嘲笑《ちょうしょう》をぶらさげてうそぶいた。

珠美はまだ五十八だ。カナエとは高校の同級生だが、早生まれなので、五月生まれのカナエよりほんのちょっとだけ若い。

ジーンズに包まれた脚は、すらっとしている。薄紫のシャツは襟を立て胸元のボタンをはずして、ブラキャミのチラ見せまでしている。

ただし、今は首回りをタオルで覆っている。チラ見せすると冷えて、肋間《ろっかん》神経痛が出るのだ。細身のジーンズも実はストレッチ素材で、股上《またがみ》が深く、お尻とお腹をしっかり包み込んで冷えを防止する、シニア仕様を施してある。

茶色く染めた髪は柔らかくウェーブして、肩先で揺れている。唇は赤く、マスカラもばっちり。

早い話が、若作り。

どう頑張ったって、若作りは若作り。カナエに言わせれば、悪あがき。

「わたしは、いくつになってもおばあさんと呼ばれたくないなんて意地を張るのは、みっともないと思う人間なのよ。それを、意気地なしと言わば言え、よ」

「また、そうやってクールぶる。あのね。おばあさんっていうのは、七十以上。六十代はまだ、おばさん。やれることはまだあるのに、ばあさんの先取りして、どんな得があるのさ」

珠美がそう思うようになったのは、先だっての同窓会が原因である。

「カナちゃん、すーこ、覚えてる？」

「うん」

すーこ、こと鈴木万里子《すずきまりこ》は同学年だが、珠美と違って同級生ではない。だから、存在を「覚えている」というだけだ。でも、よく覚えている。日本人形のようなぼーっとした魅力があって、モテていた。それで有名だった。

「すーこはモテるのをいいことに、やりまくり人生なのよ。あの頃から今まで、ずーっとよ」

珠美とすーこは、高校時代に仲がよかったわけではない。ただ、同窓会で偶然、隣り合って座っただけだ。だが、しゃべっているうちに、すーこにメールが入った。

すーこが持っていたのは、スマートフォンだ。前々から興味はあるものの手を出しかねていた珠美は、思わずすーこの手元をじっと見た。

それに気付いたすーこは「これ、面白いのよ」と、いろいろな機能を作動してみせた。そのとき、届いたばかりのメールの中身が見えた。

きょうは四時からなら会える、みたいな内容だ。珠美は無論、見なかったふりをした。だが、すーこは悪びれず「この会、四時には終わらないよね」と珠美に問いかけた。同窓会は三時解散の予定だったが、すでに二十分過ぎていた。

でも、会う場所によっては、今すぐ駆けつければ、間に合うだろうし……。珠美はそんなことを言いながら、なんとなく首を傾げた。人の事情に踏み込んでお節介を焼くのは、おばさんにとって、ごく自然な行為である。

そして、すーこがポチポチ打つ返信メールを、横目で、というか、それとなく首を伸ばしてすーこの頭越しに盗み見るのも、ごく自然な行いなのである。そうでしょ？

四時は無理。また今度、いい時間を知らせて。

単なる友達との打ち合わせに見える。だが、ほかならぬすーこだ。珠美は冗談めかして、

「デートの約束？」と囁《ささや》いた。

すーこはにっこり、頷《うなず》いた。

正しき主婦は、このあと「旦那とね」、もしくは「息子とよ」と答えて、それとなく幸せな家族自慢をするものだ。

だが、すーこは違う。「デートの約束」と認め、それっきり、何も言わない。

同窓会がおひらきになるとすぐ、珠美はすーこをつかまえて、話したいから付き合ってとせがんだ。すーこは「いいけど？」と、ぼんやり受け入れた。

他の同窓生から一緒にお茶しないかと声をかけられたが、珠美が、帰る方向が同じだから夕クシーに相乗りすると嘘をついて、なかば強引に二人きりになった。すーこは、ぼーっと為《な》すがままである。

「あれが秘訣《ひけつ》なのよ」

珠美はカナエに、力説した。

「なんかさあ、自己主張しないのよ。こっちが何かプッシュすると、吸い込んじゃうのよ。押し返したりしない。不思議な生き物よ、あれは。ああだと、モテるのね」

カフェの奥まった席に座るやいなや、珠美は「デートの相手って、誰?」と単刀直入に訊《き》いた。

珠美の辞書に「遠慮」という言葉はない。大皿料理がテーブルに来たら、真っ先に箸《はし》を伸ばして欲しいものをゲットするタイプだ。

すーこのほうも「あら、何のこと?」などと、トボけない。

「今、付き合ってる彼氏よ」と、あっさりしたものだ。

「今って、今って、それは」

今の前があったわけね! 前の前もあったわけね!?

興奮を隠さない珠美を前に、すーこはスルスルとモテ女ライフを語った。

モテ女とは、来る者は拒まずの精神の持ち主である。それで、ちゃんと結婚もしている。子供も三人産んで、育てた。その片手間に、ちょこちょこ浮気。そのうえ、結婚を破綻《はたん》させず、ここまで来ている。

未婚なのに経験値で圧倒的に負けた珠美は、口惜しさを通り越して、すーこを尊敬するに至った。

たいしたものではないか!

すーこは姑《しゅうとめ》で苦労した。結婚まもない頃はいじめられ、やがては認知症にかかった姑の下の世話までやった。だが珠美が感動したのは、すーこの浮気が姑によってもたらされた苦難の相殺行為ではないことだった。

すーこは、こう言ったそうだ。

結婚したら、セックスしなくなる。それが普通だ。なぜなら、セックスはイヤらしいものだからだ。夫は家族である。家族とイヤらしいことをする気分にはなれない。

「なんか、説得力あると思わない？」

「うーん……」

だから、ハラハラもヒヤヒヤもしなかった。堂々と浮気したが、これまで、ただの一度も夫からなんらかの疑惑をぶつけられたことはない。見て見ぬふりをしたのか、気がつかなかったのか、どっちでも気にしないと、すーこはあっさり言った。

「でね、すーこ、いろいろ教えてくれたのよ」

学者、芸術家、マスコミ関係者、あるいはそっち系気取りはダメ。妄想力はあるが、体力がない。技術もない。そのくせ、要求は過大。若くても、引きこもりやストリートミュージシャンはダメ。身体《からだ》が弱い。セックスは好奇心と体力。だから、まめに身体を使って働く二十代前半の若人《わこうど》が一番のおすすめ。

「そんなの、自分の息子とやるようなもんじゃない」

カナエには息子がいないが、それにしてもあり得ない話である。五十九歳になると、二十代前半なんか、まるっきり子供だ。食指が動かない。

ならば、自分の食指はいくつくらいなら、動くのか。カナエは思わず、考えた。すると、答が出た。四十そこそこがいい。

いやですねえ。毅然たるばあさんを目指そうとしてるのに、やりたい男像がすぐに浮かぶなんて。

「すーこが言うにはね」

ひとりで自己嫌悪に浸るカナエをよそに、珠美は続けた。

「息子と同い年とか、そんなこと思いもしないんだって。せっかく縁あって、そういう流れになってるんだから、いただきます、なんだって」

「そういう流れって……」

開いた口がふさがらない。この年まで生きてきて、知らないことが多すぎる。

「そんな流れがどこにあるんだと思うでしょ!? 口惜しいわねえ。わたし、訊いたわよ。どうしたら、そういうことになるのって」

珠美はそこで、一拍置いた。ごく自然に、カナエは前のめりになった。

「すーこったらね。自然にそうなるって言うのよ。でも、わたし、なんとなく、わかったわ。すーこ見たら、実感するよ。フェロモン出してるから、男が寄ってくるのよ」

珠美は鼻から荒い息を噴き出し、決然と言い放った。

「だから、さっさとばあさん宣言なんかしちゃ、ダメなのよ。同い年でモテてる女がいるのに、口惜しいじゃない」

カナエはため息をついた。

「すーこはそういう生まれつきだから、ずっとそうなのよ。普通は無理でしょ」

「カナちゃんは、そうでしょうよ。でも、わたしは違うよ。頑張って、ボーイフレンド作る」

「頑張るだなんて」

カナエは失笑した。珠美は片方の眉をぴんと跳ね上げた。

「だって、カナちゃん、これからの人生、他に頑張りたいこと、ある？」

「…………」

答えられないのである。

「わたしが頑張って、男つかまえて自慢したら、カナちゃん、平気でいられる？」

「…………」

「わたし、愛されたいから、一生懸命きれいになっちゃうよ。カナちゃん、そういうこと、バカにできる？」

「…………」

恨めしげな上目遣いしか、できない。こんなことでは「毅然としたばあさん」には、ほど遠い。

すーこのフェロモン体質が生まれつきなら、カナエにも生まれつきの性分がある。

幼稚園でのおもちゃの奪い合いは、遠巻きに見ていただけ。先生がする質問の答がわかっていても、手をあげなかった。誕生日祝いに欲しいものが何もなかった。

出る杭《くい》は打たれる。雉《きじ》も鳴かずば打たれまい。身の程を知る。欲が身を滅ぼす。

それが、知らず知らずに身につけた処世術だった。親にそう仕向けられた記憶がないから、やはり生まれつきなのだろう。

高望みしなければ、失望もない。落ち着いた人生である。生まれたときから、人間ができていたとみえる。

そんなカナエでも、「やり損ねた男」物件に関しては、後悔がつきまとう。

カナエは、恋愛結婚をした。

相手は、緑ケ浦保之《みどりがうらやすゆき》という戦国武将のような物々しい名前の持ち主だが、軟弱な色男だった。美青年ではない。ただ、不幸な身の上がなんともいえない色気を醸し出していた。

母親に捨てられ、父親の実家で祖父母に育てられたと、背中を丸め、ほの暗い目をして、小声で言うのである。

二十五歳のカナエには、その不幸自慢が効いた。

チラチラと自分を捨てた母親への愛憎を口にする保之のそばにいると、胸をかきむしられた。わたしが幸せにしてあげると、意気込んだ。

保之は、その純情にほだされた（多分）。そして、二年後に結婚にこぎつけたのだった。

で、五年で別れた。

保之は、女出入りの絶え間がなかった。カナエは最初は嫉妬で、やがては相手の女からの干渉で疲れ果てた。別離の決め手となったのは、女の妊娠である。カナエは子供ができなかった。

お腹の目立つ女が家までやってきて、リビングでメソメソ泣いた。

考えてみたら、両親が離婚して母親のほうと縁が切れたなんて話は、世間にゴロゴロしている。いろんな事情で天涯孤独になり施設で育った人もいれば、貧しくて高校にも行けず働かなければならなかった人もいる。保之は、祖父母の財産で大学まで出してもらったのだ。それなのに、あの程度の不幸で自己陶酔するなんて、甘ったれのナルシストめ。

そう思い始めたら、魅力の陰に隠れた欠点（ものぐさ、思いやりゼロ、腸が弱くてすぐに下痢する、その他たくさん）が、どんどん鼻についてきた。それでいて、外では不幸自慢で女に同情され、いい気になっている。

ケッ、バカバカしい。

もう、どうでもよくなった。そして、離婚した。

保之は十年前に、動脈瘤《りゅう》破裂で急死した。不幸自慢の雰囲気作りに欠かせなかった酒と煙草が呼び寄せた疾患だと、カナエは思った。

とはいえ、知らせが届いたことだし、カナエは葬式に参列した。そして、二人の子供を初めて見た。女の子と男の子だ。男の子が父親に似ているような気もしたが、よくわからない。喪主の妻は泣いていたが、カナエは何にも感じなかった。彼と結婚していたことも、夢の中の出来事だったような気がした。

夢のように楽しかったわけではない。重みがないのだ。

好きな人と結婚した。それなのに、結婚生活にいい思い出がない。最初はフワフワ、それからイライラ、まもなくムカムカ、しまいにゲロゲロ。そんな感じ。

離婚して、出戻った実家の不動産仲介業を手伝ってみたら、これが面白かった。で、三年ほどで父親の跡を継いで社長に就任したのである。社長といっても家族経営だから、一営業員として仲介の前線にも立った。

そんなこんなで、カナエの四十代は黄金時代だった。

元気で、きれいで、ボーイフレンドもいて、自信満々。生きるのは困難の連続だったが、経験が知恵になり、頑張ってこれた。若さしかなかった二十代に比べると、精神的には百倍も幸せで、ああ、年をとるって素晴らしいと思った。

だから、老けるのも怖くなかった。背筋がピンと伸びた颯爽《さっそう》としたばあさんになってやると意気込み、加齢を怖がってしわ取りクリームに大枚払う中年女どもを見下した。

若く見えることにこだわっていたら、この先、不幸になるばっかりじゃないか。年はとりたくないものだなんて恨み言、わたしは言わないぞ。

と、息巻いていたのも、モテていたからだ。

仕事で出会った男はみんな、関係を持ちたがった。結婚なんてどうでもいいやと思えば、相手は選《よ》りどりみどりだった。

だが、カナエは淫行《いんこう》に積極的ではなかった。選り好みしたからだ。こんなのとやりたくないというのが、多すぎた。

今思うと、査定が厳しすぎたきらいはある。デブ、ハゲ、チビを切っていったら、ほとんど誰もいなくなるのだ。

思い上がっていたなあ。四十代の自分が忌々《いまいま》しい。やり損なった男が一ダースもいる。いや、それ以上かも。

五十九歳の今から見れば、四十代のカナエは女盛りもいいところである。

離婚して、よかった！　素晴らしき「大人の女」ライフ！

そう自画自賛できたはずなのに、チャンスを棒に振った。


ボーイフレンドはいたのだ。厳しい査定をくぐり抜けた選りすぐりが、一人だけいた。すらっとして、フサフサの白髪頭がうるわしい美中年だ。愛妻家で通っていた。でも、魚心あれば水心だった。

考えてみたら、あのとき、確かにカナエは彼に向けてフェロモンを噴射したのだ。だから、そういうことになった。

お互い忙しくて、なかなか会えなかった。セックスは月に一回だ。カナエの家に彼が来て、どんな遅い時間になっても家に帰った。カナエもそのほうがよかった。うっかり泊めて、手作り朝食なんか期待されても困るからだ。ドライな関係が気に入っていた。

あと一人二人、同様の関係を持てる男がいるに越したことはないが、いかんせん、査定をクリアできるのがいない。当時のカナエには基準をゆるめる気がなかった。

彼とは、いつか一カ月くらいまとめて休みをとって、一緒に海外に行こうと話し合っていた。

だが、八年前に脳梗塞《こうそく》で倒れた。今は妻に介護されて、ヨロヨロ歩いている。

カナエのほうも更年期に入り、それっきり、男のいない聖女になった。潮時だとも思った。

だって、もう、相手がいないもの。男はいくつになっても、三十女とやりたい生き物だからさ。ばあさんは爪弾《つまはじ》き。

でも、これも仕方のないことだ。


五十九歳のカナエが一人暮らしをしているのは、旧国道沿いにある一軒家である。二階建てで、簡易屋根付きの駐車スペースにはクリーム色のカローラが老いぼれた犬みたいにうずくまっている。

これに乗って、中心部のビルにある事務所に通う。だが、近頃は重役出勤だ。三年前に姪《めい》、そして去年、甥《おい》を入社させて実務を任せている。取り仕切るというほどではないが、賃貸物件の仲介自体はさほど難しい仕事ではないから、カナエが見張っていなくてもこなせるのだ。カナエが必要になるのは、トラブルが起きたときだ。

無論、トラブルは普通に起こる。たいがいは、大家と賃借人の確執だ。

トラブル収拾にはまったく消耗させられるが、あくまでも第三者の立場なのだから、気持ちの切り替えは容易だ。逆に、大家や賃借人が抱える問題が見えるぶん、しがらみも借金もない我が身が大変、めでたかった。

だが、その幸運に感謝する気持ちも色あせてきた。

感情と感覚の水位が下がっている。身体の老化より、こっちのほうがリアルに怖い。いつまでも、ときめきやワクワクを求めるのは意地汚い。化粧品で顔のしわを埋め、劣化した骨や血管の傷に薬を上塗りして、だらだら生き延びて、何の得がある。

そう思える猛々《たけだけ》しさが、四十代から五十代の「若さ」の証明だったのか。

てことは、七十になったら、六十代は若かったと思うのよね。

だったら、珠美が言うように、「頑張る」べきなのだろうか……。

でも、何を、どうやって？

老いて、なお盛ん——というのは、恋愛活動に衰えなしの状態をいうらしい。色気こそが生命力の源。恋愛欲がしわを伸ばし、背筋も伸ばし、老化をせき止めるのだ！

まあ、それはそうでしょうね。愛されたいから、きれいでいたいと願い、努力する。愛されていると思うと、自信が生まれる。結果として、「生き生き」してくるわけで。

「ポールだって、頑張ってるのよ」と、珠美が言った。

「ポール？」

「ポール・マッカートニーよ。ビートルズの」

「ああ」

「ああってカナちゃん、なに、淡々としてるのよ。わたしたちの青春じゃない」

カナエと珠美は、ビートルズ好きで仲良くなったのだった。登校して顔を合わせるやいなや、雑誌やテレビで知ったビートルズのゴシップを話題に盛り上がった。あれは楽しかったなあ。本気で嫉妬したり、心配したりしたものだ。

ビートルズ好きにとって、この世にいるポールとはマッカートニー、ジョンはレノンだけだった。それなのに今、ポールと言われても、どこの馬の骨やら、みたいな反応しかできなかった。

思春期の幕を開けてくれた、人生最初のアイドルなのに。ずいぶん遠くまで来てしまったのね。少女の自分を突き放したようで、カナエは少し寂しくなった。

「ポールが頑張るって、またワールド・ツアーでもするの？」

日本に来てくれたら行きたいなと、カナエは思った。ビートルズ解散後、ポールは何度か来日していたが、カナエは一度も行っていない。チケットをとろうともしなかった。もったいないこと、したなあ。今となっては、これも大きな後悔物件だ。

「カナちゃん、知らないの？　ポールが三度目の結婚するのよ」

「三度目になるの？」

「もう、カナちゃんたら、ポールがリンダの死後、再婚したことも知らなかったの？」

珠美が、思春期を彷彿《ほうふつ》させる熱っぽさで解説するところによると、ポールは年上の妻リンダに先立たれた四年後、三十代半ばのモデルと再婚した。世間はポールが財産目当ての女にひっかかったと騒いだ。案の定、六年後、五十億円近い莫大な慰謝料をふんだくられて離婚した。

ポールファンの珠美は、中年の危機にハマって若い女にだまされた、お馬鹿なポールに歯嚙《はが》みした。それなのに、またまた結婚するというニュースに、今度は励まされたという。お相手は、五十一歳のキャリア・ウーマン。高給取りのうえ、金持ちの娘なので、財産目当てではない。

「今度は、大人の女を選んだんだ。前の失敗から、ちゃんと学習したのね、えらいえらい」

カナエは母親のようにポールをほめたが、珠美は首を振った。

「ポールは六十八だから、十七歳年下よ。十分、若い女に手を出してゲットしたのよ。ていうか、五十一歳は若いわよ。そう思うでしょう?」

「そりゃ、今と比べりゃね」

カナエはクールに引いてみせたが、確かに五十一のときは「まだまだいける」感を持っていた。とすると、「もう、いけません」と思い始めたのは、いつからだったのか。五十五過ぎたあたりかな。

「ネットで見てごらんよ。スラッとした美人よ。しわ取り手術しまくってるかもしれないけど、プロポーションを保つ努力してるのは明らかよ。ポールも顔はじいさんだけど、体型は保ってるよ。セクシーなドレス着た十七歳も年下の女とツーショットで、すごく嬉しそうにピカピカしてるの。わたし、嬉しかったよ。やっぱり、人間にパワーを与えてピカピカさせるのは、ロマンスよ」

「そうなのかしらねえ」

ポール再々婚の話に、カナエは少なからずガッカリした。

ビートルズ時代のポールは本当に可愛らしい青年で、明朗百パーセントだった。思春期に入りたてのカナエには、その明るさがまぶしすぎた。ジョンはその対極にいた。顔立ちがちっとも可愛くないし、屈託ありげな雰囲気が近寄り難かった。

ポール以外の誰かという選択肢で、カナエはジョンを選んだ。

なにも、無理やり一人を選んでマイ・アイドルに仕立てることはないのだが、少女期には「わたしの○○」が必要だった。それが恋愛レッスンだったから、なのだろうか。とにかく、ファンといえども二股《ふたまた》は考えられないことだった。そして、好きになると決めた途端に、ポールにはない翳《かげ》りが「ポールより格上」のポイントになった。

ビートルズはまもなく解散し、ソロ活動に入った。ジョンの作る歌はシンプルで内省的で、「自分は一体、何者なのか」を問い続ける姿勢が、同じように悩んだ二十代のカナエをずいぶん救ってくれた。

バンドを組んでワールド・ツアーをするポールが作る歌は、相変わらず明るく、お気楽に思えた。メロディーラインがきれいで、音楽性はポールのほうがずっと豊かだとは思ったが、苦悩するジョンに比べると、悩まないように見えるポールが憎らしかった。

ジョンが死んだときは、ショックだった。長い沈黙を経て、新アルバムを出した直後だっただけに、人生の一部をもぎ取られたような気がした。あのとき、ポールがあわてて身辺警護を強化したという噂が流れた。今思えば当然のことなのだが、当時はジョンの死を悼むより先に自分のことを考えるなんてヒドい、と憤慨したものだ。

ポールの日本公演に行かなかった理由は、それだ。ジョンは死んだのに、ポールはのうのうと生き長らえている。それが許せなかった。

ところが、五十を越えてからのカナエが心の支えにしているのは『フール・オン・ザ・ヒル』。ポールが作った歌だ。

丘の上で薄ら笑いを浮かべ、誰にもわからないことを叫んでいる。誰も、彼の言うことに耳を傾けない。だって、彼は馬鹿だから。

馬鹿扱いされて、無視されても、彼は気にしない。ただ丘の上に座り、日が沈んで、世界が回るのを見つめている——。

ホレタハレタばっかり歌っているようなポールにしては、珍しく哲学的な歌詞だ。

ポールがこの歌を作ったのは二十五歳のときだ。二十歳そこそこの頃からビートルズの一員として騒がれ、周囲の思惑に振り回され、苦しんでいたのは、ジョンだけじゃなかった。ポールも孤立感に苦しんでいたのだ。そして、人にどう思われようと構わないという心境になりたかったのだと、深読みした。

お気楽な天才と軽視していたわたしこそ、何もわかっていないのに利口ぶる愚か者だった。ごめんね、ポール。五十を過ぎて、カナエは反省した。かつ、この歌が語りかけることに激しく共感した。

超然としていたい。孤独であること、世間から爪弾きされること、誰にも顧みられないこと。

そんなことに怯《おび》えたくない。

時の流れを受け入れ、その偉大さに微笑《ほほえ》む、きれいな馬鹿になりたい。

それを、老いを生きる指針にしようと思っていたのに、当のポールは六十八にして、十七歳年下の女と三度目の結婚をする。

いつまでも、愛し愛されていたいのね。丘の上の馬鹿になりきれないのね。

そうした失望を語ると、珠美は鼻で嗤《わら》った。

「丘の上で超然となんて、きれいごと言わないでよ。年寄りはね、超然となんかしてられないの。カナちゃん、今でこそ、この家で一人暮らしで、ほぼ超然だけど、転んで頭打ったり、骨折したりして動けなくなったとき、気にかけてくれる人が誰もいなかったら、大変なことになるのよ。即死できればまだいいけど、痛みや苦しみを感じてるのに、助けてもらえず、どうしようもなくっていう状態が続く可能性が――、って、わー、自分で言ってて、鳥肌立ってきちゃった」

自分で自分の肩を抱く珠美に負けず劣らず、カナエも背筋が凍る思い。

日々実感する肉体の劣化が、最悪の事態への想像力を育てているのだ。

「きれいな馬鹿なんてね、そんなものは幻想よ。認知症の年寄りって、怒りと不安で一杯なんだってよ。ボケたもん勝ちなんて、ウソだからね」

「馬鹿は、認知症とは違うわよ」

カナエは無駄な抵抗を試みた。だが、持論の弱さを思い知るばかりだ。愚か者と呼ばれることを知りつつ、それを恐れないことと、認知症になって理知を失うことは正反対だ。そして、認知症になるほうがリアルな恐怖。

「年寄りが一人で引きこもってると、認知症になる確率が高いんだってよ。カナちゃん、丘の上の馬鹿を目指してたのに、ただのボケばあさんになって、汚い部屋で垂れ流しで孤独死じゃ、シャレにならないよ」

避けて通りたい「老い」の最悪ポイントを、よくも並べ上げてくれたな。口惜しいのは、反論できないことだ。

確かに、丘の上の馬鹿はきれいごとだ。それは、老いへの恐怖を隠すための煙幕に過ぎないのかも。

「だけど」

それでも、カナエは言い返した。

「ロマンスを求める気持ちがあれば、惨めな老後を避けられるなんて、それこそ幻想じゃない？」

「いつまでも人を求める気持ちがあれば、みすみす、ひとりぼっちで認知症や孤独死を招くようなことにはならないのよ」

珠美は言い切った。

「だけど、家族と暮らしてたって、そうなる人はいるよ」

「もう、やあねえ、カナちゃん。家族と暮らしてりゃ、ひとりぼっちじゃないってこと、ないでしょう」

カナエは口を閉じた。結婚している間、カナエはひとりぼっちだった。

「環境じゃないの。心よ。人を求める気持ち。それが若さの秘訣。わたしは、そう思う。だから、ほら、これ見て」

珠美が「これが目に入らぬか」とばかり突き出したのは、スマートフォンだ。

「らくらくホン世代なんて、言わせないわよ。わたし、これを使いこなすからね。これで、恋人探しにチャレンジする。年に負けてられますかって」

カナエは声を出さずに笑った。それは、迎合の笑いだった。意気込む珠美は、確かに自分よりピカピカしている。かすかな敗北感は、苦い味がした。

わたしは闘わずして老いに負け、身体より先に、心が死に始めているのだろうか……。

珠美にスマートフォンを見せられてから、一週間後。カナエは珠美を自宅に呼び出した。その後の動向を聞くためだ。

直情径行の珠美である。とっくに、チャレンジしていることだろう。もし、なにがしかの成果を得ているようなら、自分も追随してみようと思ったのだ。

だって、ひょっとして恋愛できるものなら、したいじゃない。女として求められる快感ほど、自尊心を満たしてくれるものはない。カナエだって、それくらい知っている。

ただ、草の根分けても相手を探し出そうという情熱がない。年のせいだ。エネルギー源の性ホルモンがなくなっちゃったんだもの。

だが、ガイドマップがあるなら、それに従って足を踏み出すくらいの心的エネルギーは残っているぞ。それが、五十九歳の「若さ」だ、多分。カナエは、それを確認したいと思った。

さて、やってきた珠美は開口一番、

「これ、めんどくさーい」

スマートフォンをソファに投げ出した。

「いろんなことができすぎて、何が起きてるか、わからないのよ。こっちは頭がアナログなのに、機械のほうは最先端だから、勝手にどんどん進んじゃって」

これを使って、おそるおそる出会い系サイトにアクセスしてみたが、使い方がわからずまごまごしているうちに、「今すぐイカせる」とか「濡れ濡れ確実」とか、セックス直行の情報がなだれ込んできた。怖くなってログアウトしたら、今度はそっち系メールの雨あられ。受信拒否設定をしても、あとからあとからやってくる。

「わたしのこと、やりたがり女リストにでも載っちゃったんじゃないかしら。今じゃ、この手のメールを見たくないから、受信ボックス開くのもイヤなくらい」

やっぱり、そうなるか。ネットの出会い系って、セックス事業者と直結してるのね。

先兵珠美がもたらす情報に頷きながら、カナエはあくまで第三者の態度を保った。

「でも、珠美はすーこみたいなやりまくり人生をやりたいんでしょ。だったら、それでいいんじゃない？」

「やりたいのはセックスじゃなくて、ロマンスよ」

珠美はキッとなった。

「みんな、そうでしょ？　セックスできりゃいいって、そういう性欲だけでできてる人間はいないと思わない？」

「すーこは、セックスだけでいいんでしょ」

珠美は子供を諭すようなしたり顔になった。

「カナちゃんねえ、人間は結合できりゃ誰でもオーケーってほど簡単じゃないの。好きな人とやりたいのよ。好きっていう気持ちが先。それがあってこそ、身体も活性化するの」

「だけど、出会い系でアクセスしてくるキーワードがイカせるだの濡れ濡れだのってことは、それだけのお付き合い希望だからでしょ。つまり、やれりゃ誰でもいい人間が山ほどいる証拠じゃない」

「そういう人間は、荒《すさ》んでるの。自分が嫌いで、自分なんか愛されるはずがないと思ってるから、はなから愛をあきらめて、セックスだけを求めるふりしてるの」

「なんだか、えらくわかったようなこと、言うじゃない」

「わかっちゃったのよ。長く生きてるから」

珠美は、ため息をついた。

「だから、この手のメール見るの、イヤなのよ。悲しくなるから」

それでも、珠美はチャレンジをあきらめないと誓った。どこかに清く正しいロマンス系サイトがあるはずだ。

「人を求める気持ちは、まだまだ枯れないよ。だって、わたし、若いもん」

そう見得を切った。


同じくらい長く生きているカナエも、珠美とのやりとりから「わかっちゃった」ことがある。恋人がいた頃、確かにドキドキがあった。たとえば、男の車がやってくるのを待って立ち尽くす、夜の街角。今か今かと、待ちわびていたときのジリジリする感じ。車が止まって、ドアが開いた途端に中に飛び込むと、男は片手ハンドルで運転しながら、もう一方の手でカナエの太腿《ふともも》を撫で回した。

電話で交わすクスクス笑い。そして、急に声を落として囁く甘い言葉。声と息づかいだけで、昇天しそうだった。

恋のような恋の時間。でも思い返すと、あのときめきはすべて、性的な発情でしかなかったような気がする。心より先に、身体があった。だから、気持ちが醒《さ》めても身体だけでつながっていた時期があった。腐れ縁とはよく言ったもので、関係の終末期は心も腐敗した。

あれは、恋だったのだろうか。

自分を捉《とら》えた彼らの魅力は付き合っているうちに色あせ、終わってしまえば、記憶に残るのは色あせたほうの面影ばかり。次第にむき出しになる互いのエゴが、美質を食いつぶしたかのようだった。

もっと純粋に、もっと寛大に。そうありたかったし、相手にもそうあってほしかった。だが、性欲と支配欲に振り回されただけのようで、いい思い出がない。結婚だって、そうだった。

本当の恋愛なんて、したことがない。その能力がない女なのだ、わたしは。

カナエは、それを「わかっちゃった」と思った。だから、「生き生き」「ピカピカ」をロマンスに求めても、おそらく無駄だろう。

そんなことを考えていたとき、ドアホンが鳴った。モニターで確かめると、見慣れない女が回覧板を持って立っていた。

カナエはサンダルをつっかけて、外に出た。眼鏡をかけた三十代くらいの女が、申し訳なさそうに小腰をかがめた。

「すいません。これ、ポストに入りきらないので、どうしたらいいかと思って」

「この玄関扉を開けて、ドアの前に立てかけておいてくれたら、いいんですよ。いつも、そうしてもらってるんですけど」

隣の土地は三年前に持ち主が代わり、三階建ての家が建てられた。施工者は男性名だったが、引っ越しの挨拶に来たのは若い女だったから、カナエはてっきり夫婦者が住んでいると思っていた。くわしい事情など話さないのが、現代の近所付き合いだ。

女は右手の人差し指をひらりと振って、隣家を示した。

「ここ、職場の社宅なんです。女ばかりの寮みたいなもので、一人、結婚して出ていったんで、わたしがその後釜《あとがま》で入りました。よろしくお願いします」

「ああ、そうですか。こちらこそ」

後釜というわりに、前に見た女より老けて見える。老け顔というやつだろうか。

それでも、若い。この年頃は、今より一つ老けることを恐れている。だが、老いの本当の恐怖を知らない。

衰えた身体機能を無理使いして生き続けるつらさ。人目にも自分の目にも、失われてしまったものが明らかな状態に耐える苦々しさ。

四十で死んでしまったジョンは、幸せかもしれない。老いの苦悩を知らずにすんだ。美しい肖像だけを残し、伝説の高みから下ろされることはない。

ネットでポールの結婚情報を確認したとき、悲しかった。つらい。あんなに可愛かった青年が、たるんだ年寄りになった。若い妻と腕を組んで嬉しそうな顔から、珠美が言うような「ピカピカ」をカナエは感じなかった。若さにこだわる姿勢こそが「老醜」だと思った。

このぶんなら、バイアグラなんか飲んでそうだな。あれは心臓発作を引き起こすリスクがあるそうだ。そんな風に意地悪く考えもした。

でも、と、カナエは思い直した。

毎日毎日、鏡を見ては少しでも「老醜」を覆い隠そうと、ファンデやコンシーラーやパウダーを塗りたくってるのは誰？

「まだ、いける」と「これでいい」の間を行ったり来たりしてるのは誰？

なんだかんだ言いながら、あわよくば「モテたい」と願っているのは誰？

老け顔の女の若さを羨《うらや》んだのは、誰？

ネットで調べたら、『フール・オン・ザ・ヒル』は、ガリレオ・ガリレイを念頭に置いて作られたとあった。

周囲の無理解にもめげず、地球の自転と公転を主張し続けたガリレオ。若きポールが、そこに自分を重ね合わせたとは思えない。ただ、ガリレオの人生を思い浮かべたとき、この歌が降ってきたのだろう。

ポールは生来、丘の上の馬鹿になりたい人ではない。超然としていたくなんか、ないのだ。生きている伝説である自分を楽しみ、たくさんの人に囲まれ、年甲斐《としがい》もなく女の子にウインクなんかして、キャーキャー言われたいのだ。

そのありようを、「いつまでも若くあることにしがみつく老醜」と見るのは、傲慢《ごうまん》だ。それがようやく、カナエにもわかった。ポールは自分に正直なだけだ。明朗百パーセントの人らしく。

若い頃、心に寄り添ってくれたジョンは今や、神の領域に入った。その代わり、生きて、老けて、でも、モテたがりのポールが身近になった。

ポールは生きている。そして、老いをさらしている。わたしと同じように。みんなと同じように。

ポールには長生きしてほしい。そして、老いていく姿を見せ続けてほしい。できたら、何回でも若い女と結婚してほしい。それでこそ、ポール・マッカートニー。

そして、わたしは、と、カナエは思った。

どうやって、老いの悲哀を消化していけばいいのか。思い悩むのを、やめられない。先のことより、今のこと。年をとればとるほど、大事にすべきは今できること。それは、わかる。ものすごく、わかる。でも、考えてしまう。老いの入り口でうろうろする。この未練がましさが、イヤ。若くありたい欲が、イヤ。

自分を乗せた世界が回るのを微笑んで見つめる、丘の上の馬鹿になりたい。そんな風に、きれいに老いたい。

これも、欲よね。見栄よね。欲と見栄が、若さの秘訣なのかもね。

Don't Worry Monster

わけあって、舟唄

桑原《くわばら》カオルは、恋に生きる女である。

すっぴんに眼鏡をかけ、髪をゴムでひとくくりにして背中に垂らし、くたびれたパーカとジーンズでサンダルをペタペタ鳴らして歩く姿からは想像もできないだろうが、恋に生きているのである。

お隣さんに回覧板を届け、家に帰る途中で携帯が鳴った。メールだ。歩きながら、チェックする。菅野《かんの》からだ。

ごめん。ちょっと遅くなる。でも、絶対行くから、待ってて。

フッフッフ。

うつむいた顔に浮かぶ、半分押し殺した会心の笑みを誰が知る。

帰宅するやいなや、カオルはバスルームに飛び込んだ。香りのいいボディーシャンプーを泡立て、念入りに身体《からだ》を洗う。その後、洗髪に取りかかる。乾いた後も指通りがいいよう、トリートメントに時間をかけなければ。

男は、女の長い髪をほどいてまさぐるのが好きだからねえ。

ムッフッフ。

目を閉じて髪を洗いつつ、ほくそ笑む。ああ、髪を洗うって、気持ちいい。三日ぶりだわ。

恋に生きるぶん、普段の生活はおざなりだ。食事はレトルト。掃除は適当。汗をかかない季節にはシャワーも浴びずに三日間なんて、ざらである。

垢《あか》や埃《ほこり》で死ぬわけじゃなし。節電節水で、地球環境を救っているのよ。それにレトルトといっても、ヘルシーな雑穀粥《ざっこくがゆ》やリゾットよ。ジャンク・フードじゃないもんね。オーガニックな人と呼んで。

カオルは、化学物質無添加が売りの化粧品会社で働いている。そこで、最近力を入れているのが、「身体の中からきれいになる」ためのサプリメントやレトルト食品だ。会社には商品がゴッソリあって、社員は食べ放題――ならいいのだが、ケチな社長は社員からも代金を取り立てる。三割引ですがね。

だが、たまに売れ残って賞味期限切れ間近になったものの無料放出がある。こういう恩恵があるから、日頃の安月給も耐えられるというものだ。

販売員にはノルマがあるが、成績がよければ報奨金を出す制度になっている。そのぶん、経理を担当するカオルのような内勤ＯＬが割りを食う。勤続八年超のカオルが受け取る給料は、ここ三年間据え置きである。

稼ぎたければ販売員になれと、社長は言う。だが、金は困らない程度にあればよいカオルは、地味な業務を粛々《しゆくしゆく》とこなし、このまま経理部の椅子で苔《こけ》むしてもいいと思っている。

ショッピングモールに出店しているショップの販売員は、八時間ずっとハイヒールを履き、全方位外交の笑みを絶やさず、お買い上げがあった際には最敬礼で客を見送らねばならない。カオルにとって、そんなことはエネルギーの無駄遣いでしかないのだ。

自室で風呂上がりの肌に保湿ローションを塗り込んでいると、苛立《いらだ》たしげなノック二回に続き、ドアが大きく引き開けられた。ドアと廊下の境目に仁王立ちしているのは、販売員の徳永《とくなが》早紀子《さきこ》だ。

こっちの返事も待たずに開けるなんて、マナーがなってない。抗議しようとするカオルより、向こうの口のほうが早かった。

「バスルーム使ったら、後始末してよ。洗面台の上も床もビシャビシャじゃないの」

視線を落とすと、なるほど、ストッキングに包まれた爪先が濡れていた。

「拭いたつもりなんだけどな。ごめん」

カオルは軽く首をすくめた。

「共同生活なんだから、だらしないのは自分の部屋だけにしてね」

脱ぎ散らかした普段着とぶちまけたバッグの中身で足の踏み場もない床を目で示し、きつい当てこすりをかまして、早紀子はぴしゃりとドアを閉めた。

フン。

カオルは鼻で嗤《わら》い、鏡に向き直った。

週末休みの内勤ＯＬと違い、販売員は土日が稼ぎ時だ。かたや、疲れて帰り、あとは寝るだけ。こなた、これからおデートよん。そりゃ、怒りたくもなるわよね。オッホッホ。

化粧品会社といっても、今年六十五歳になる創業社長のワンマン経営だ。ネットショップで情報発信し、ショッピングモールの隅っこに小さな店舗を出して、チマチマ商売している。給料は大手と比ぶべくもないが、個人事業ならではの奇妙な余禄《よろく》がある。たとえば、この社宅だ。

三階建ての一軒家は、社長が個人的に買い上げた土地を有効利用するために建てられた。社長の娘夫婦が住む予定だったようだが、銀行員である娘婿が海外赴任したため、空き家にするくらいならと社宅に転用したものだ。節税対策でもあるらしい。

元来が個人住宅仕様なので、バスルームとトイレとキッチンは共同。社宅というより寮だ。それぞれの居室は八畳程度。家賃を払わずにすむのがメリットではあるが、職場の同僚というだけで、気が合うとは限らない女四、五人の共同生活はストレスも多い。結婚、転職、独立。そのどれかの理由で、毎年のように人が入れ替わる。

カオルは、ついこの間まで親と同居していた。だが、先に結婚した妹に子供ができて、実家を託児所代わりにするのがうっとうしくなっていたところに、空き部屋情報が入ったので、これ幸いと入居した。

三十二歳にして、他者との共同生活デビューである。今までしたことのない配慮を求められるのだが、まったく身につかない。心を入れ替える気がないからだ。

三十過ぎても平気で親と同居していたのは、親に愛され守られる「娘」の立場があまりにも快適だったからだ。

長女のカオルは、昔から両親に溺愛《できあい》された。妹がいまだにひがんでいるくらいだ。女の子だからと家事を叩き込まれる時代の子供ではない。ただ、従順で素直で可愛くあればよかった。学校から、そして職場から、家に帰ればご飯ができているし、お風呂も沸いている。おかげでカオルは、自立どころか自炊の意欲も能力も著《いちじる》しく欠如したパラサイト女に育ち上がった。

別に、いいでしょ。それで、誰かが迷惑するわけじゃなし。いや、えっと、社宅の住人は迷惑してるか。それでも、些細《ささい》なことじゃないの。キッチンやバスルームを使ったあとの始末が粗雑とか、ゴミの分別がいい加減とか、そんなの、手のかかる旦那と暮らすための練習だと思えばいいじゃないか。物事は前向きに受け止めてほしいわね。カリカリしたって、しわが増えるだけよ。

さて、早紀子も消えたことだし、気を取り直して、メイクに集中。

ポイントは、「薄化粧に見えること」だ。ファンデーションののりがいいのは、社員割引で購入した自社製品のおかげではない。恋に生きているせいだ。これからデートだと思うだけで、ホルモンがドバドバ噴き出しているのよ。

さらさら、つやつやの髪は、後ろでゆるくまとめる。ゴムより、バレッタがいい。一発でほどけるからだ。

以前、ゴムでくくっていたとき、男が無理やり引き抜こうとして、巻き込まれた髪の毛が引っ張られ、目から火が出た。「ちょっと待って」と止めて自分でやったが、ゴムと髪が妙な具合にからまって、ほどくのに往生したものだ。せっかちで不器用な男と会う際に「はずしやすさ」を考慮すべきは、ブラのホックだけではないのだよ。

なら、最初から髪を垂らしておけばいいじゃん。なんてほざく女は、永久にモテない。慎ましくまとめた髪を、ほどく。それは着物の帯をとくに等しい、「もう、どうにでもして」のサインなのだから。

着物の帯という比喩《ひゆ》がスッと脳裏に浮かぶところが、日本人である。カオルは男心をかきたてるポイントを、次のように心得ている。

お酒はぬるめのカンがいい。肴《さかな》はあぶったイカでいい。灯《あか》りはぼんやり、ともりゃいい。はっきり、くっきりはダメなのよ。目力なしの薄化粧に、ゆるくまとめた髪。服装は着物心のダサめコンサバが基本。クリームイエローのピンタック入りブラウス。紺のスカートは膝丈《ひざたけ》で、軽くフレアー。ブラウスの胸のボタンは三つ開けますよ。でも、胸元を大きくくつろげるなんて脂っこいのはNG。日本の男は、濃厚なセックスアピールを嫌う。

デートの待ち合わせ場所だって、オヤジ好みの居酒屋だ。しゃれたビストロじゃ、雰囲気が盛り上がらない。人目をしのんで、ひっそりと……。日陰の恋は、演歌にやらなきゃ。

カウンターの隅に座ると、鉢巻きをした店のオヤジが「いらっしゃい」と笑いかけた。そして、心得顔でこう訊《き》いた。

「待ちますか。それとも、先にやってる?」

「遅くなるらしいから、ビールください。それから、枝豆と冷や奴」

「あいよ」

六時を回ったばかりだが、土曜のせいか、そこそこ客がいる。カウンターに中年男が三人。もう一つのテーブルには、三歳くらいの幼児を連れた若いカップル。夫婦なのだろう。二人とも金髪で、いかにもヤンキーあがり。子供にもつ煮込みを食べさせている。

こうこなくっちゃ。女子会なんか間違っても行われそうにない、こんな場末っぽさも演歌な恋には必要不可欠。

それにしてもと、カオルは子連れカップルを横目で見ながら、暇つぶしにつらつら考えた。十六、七で簡単にくっついて、子供ができたからって結婚して、一杯飲み屋で夕食を食べる。それが幸せとは、とうてい思えない。

カオルは、高校の同級生と街角でばったり出くわした日を思い出した。そのままカフェに流れ、いろいろ話し合った。というより、彼女のおしゃべりに付き合わされた。およそ二年前のことだ。

まずは、ついこの間の同窓会で仕入れたクラスメイトの近況で、誰それがどんな相手と結婚して、子供がいるのいないの、それに続いて彼女自身の子供がいかに可愛いかの自慢話。その最後でようやく彼女は、とってつけたように、カオルの身に言及した。

「でも、やっぱり、主婦って世界が狭いから、カオルみたいに自由に生きてる人、憧れる」

「そんなこと、ない。単なる婚《い》き遅れよ。お恥ずかしい限りです」

おどけて頭を下げると、彼女は「いえいえ、こちらこそ」とお辞儀をし、二人でコロコロ笑った。

たいして親しくない女同士の会話は、これだからイヤだ。互いに持ち上げながら、心の中では裏腹の優越感にほくそ笑んでいる。

悪いけど、わたしは結婚してるあんたのことなんか、これっぽっちも羨《うらや》んじゃいないからね。

カオルは回想の中のクラスメイトに、今さらなタンカを切った。

居酒屋の引き戸がガラガラ鳴って、菅野が顔を見せた。少し伸び上がるようにして、カオルを探す。目が合った途端に、喜色満面になった。

菅野は四十二歳の、腹の出た、後頭部が寂しい、平凡の国から平凡を広めに来たような中年男だ。自分でも、そのことを知っている。だから、カオルという不倫恋人ができたことで有頂天だ。それを隠せない。

妻なる者には絶対に見せない、男の素顔。ウフン。思わず、勝ち誇ってしまう。

菅野はカオルの横に腰を落ち着け、丸椅子をやや前に引き寄せた。そのとき、互いの肩がわずかにこすれ合う。ほんのちょっとで、ぽっと火がつくようだ。

差し出されたおしぼりで、誰はばかることなく、顔と首筋を拭く。付き合い始めて三カ月。

馴《な》れ合った証拠か。

もっとも、そういうところに目くじらを立てていたんじゃ、女房と変わりない。なんでも許してやるのが、不倫恋人のたしなみというものだ。

調味料の味がくどい煮付けや焼き鶏の煙ですすけた店内。流れる演歌。オヤジがくつろぐ安酒場。こんな所で待ち合わせ、二人で三千円でおつりが来る程度の飲み食いで満足し、そのままホテルへ。

「会いたかった」「好き」の類《たぐい》の睦言《むつごと》だけを交わし、上になったり下になったりで、ほぼ二時間。駅で別れるときも、ぎりぎりまで見交わす眼差しが濡れている。

ウッヒッヒ。たまりませんねえ。道ならぬ恋こそ、最高の恋。

会社の二十代ＯＬ同士がトイレで交わす打ち明け話といえば、彼氏と結婚するのかしないのか、ばかりだ。

恋したら、その相手と結婚したいと思うのが普通らしい。だが、カオルは違う。

男と二人になったとき、カオルは無駄口を叩かない。上司の悪口や職場の愚痴を並べ立てたりしない。天下国家を論じるなど、もってのほかだ。

男のほうも、あまりしゃべらない。飲み屋にいるときも、トップニュースについての毒にも薬にもならない感想を交わす程度だ。だが、気詰まりではない。

互いの体温を感じる。目的は、その一つだからだ。

話が合って、何時間でも会話できることを恋人の条件にあげる人がいるが、あれは一体、なんなんだろう。カオルには、わからない。

自分を受け入れてくれるとわかったら、男はズブズブに甘えてくる。雪だるまがどんどん溶けるようなそのもろさが、カオルには快感なのだ。

男には、家庭があるほうがよい。

どんなに好きでも、一緒にはなれない。男は、それを嘆く。謝る。

ごめんよ、カオルにつらい思いをさせて。

カオルに幸せになってもらわなきゃ、いけないのに、会わずにいられない。

カオルだけが、今の俺の支えなんだ。

絞り出すように、男は言うのだ。「その顔で言うか!?」みたいな不細工ほどロマンチストで、美しい言い訳を口にしたがる。

カオルも、この手の台詞《せりふ》が大好物だ。何度聞いても、うっとりする。それだけで、感度がアップする。


こんなことをしていると、妻なるものから反撃されることがある。

前カレのケースだが、携帯に電話がかかってきた。うかつな男が履歴を消してなかったとみえる。

「うちのとは、どういうお付き合いなんでしょうか」

切り口上で言われ、「特別なことは、何もありません」と嘘をついた。

「だませると思ったら、大間違いですからね。こんなこと、長く続けるようだったら、わたしにも考えがありますから、覚悟しといてください」

カオルはすぐに、男に別れ話を切り出した。女は「やる」と言ったら、本当にやる。何をやるか知らないが、会社にチクられたり、ネットで悪口を流されたり、訴えられたりしたら迷惑だ。

男は謝り、「なんとかするから待ってくれ」とかなんとか、関係の継続を図った。そして、ほとぼりが冷めた頃に電話をかけてきたりするのだ。

カオルは、引き際を心得ている。引いてみせれば、未練を持つのは男のほうだ。

悪い女だなあ。

でも、わかったうえでやるのが悪女。カオルは計算して、こんなことをしているわけではない。自然とそうなるのだ。

これが魔性というものでしょうか。なんて、ため息をついたら、「それは魔性というより、単なるヤリマン」と、みっちゃんが言った。

男とのデートがない夜、カオルが一人飲みする行きつけのバーがある。『ミランダ』という名のゲイバーだ。

店主のミチオことみっちゃんとは、大学時代、ゼミで隣り合ったのがきっかけで仲良くなった。彼は大学卒業後、しばらくサラリーマンをやっていたが、二十七歳で『ミランダ』店主におさまった。カオルは開店以来の常連客だが、ここのことは家族にも同僚にも恋人にも秘密である。

みっちゃんが相手なら、何でも話せる。その内容は、家族にも同僚にも恋人にも知られたくないほど赤裸々だ。人間、赤裸々になれる場所がないと、やってけないからね。

みっちゃんは、赤裸々カオルを無条件で認め、ほめてくれるわけではない。叱ったり、野次ったり、笑い飛ばしたりの突っ込みを入れる。そうされると、なぜか落ち着くのだ。

菅野とデート（というより、密会と呼びたい）した二日後、カオルはみっちゃんに「恋に生きるわたしの場合」を語った。それに対する突っ込みが「ヤリマン」なのだが、これは受け流せなかった。恋に生きる女に向かって、それは侮辱です。

カオルは本気で抗議した。

「ひどいこと、言わないでよ。相手はちゃんと選んでます」

菅野は（そして、過去の男たちも）、傍目《はため》には「あんな男のどこがいい」レベルである。選んであれだなんて、ハードル低すぎ。もしも同僚たちが彼らを見れば、そう言い交わして笑いものにするのは目に見えている。

でも、カオルには可愛いのだ。ほっといてちょうだい。

「それに、アッチのほうはオマケだもの」

「オマケでもいいの？　身も心も燃えてこその恋でしょうが」

「オマケでも、ちゃんと燃えます。悪いけど」

「言ってくれるねえ。バチが当たるよ」

みっちゃんの返答は、本音とサービスがうまくブレンドされている。友達とはいえ、カオルは客だ。カオルを不快にさせない術《すべ》を、彼は心得ている。だから、心置きなく赤裸々をやれるのだ。

だが、客同士だと、そうはいかない。ましてや、相手は酔っぱらい。

「おまえがやってるのは、恋じゃない！」

狭い店内に、女の怒声が響き渡った。さっきまで、カウンターの隅に突っ伏していた常連客だ。零時近くなって、店内に残っているのはカオルとこの女、正田《しょうだ》だけになっていた。いつも酔いつぶれているから、今夜もそうだと思って無視していたが、どうやら聞き耳を立てていたとみえる。

「相手を独占したくなるのが、恋よ。不倫のほうが燃えるからいいなんて、そんなのは、ゲームだ。相手のことを本当に思ってなんかいないくせに、恋なんて言うな」

鼻の穴をふくらませて、怒りを噴射してくる。

「そうだそうだ」

みっちゃんも、面白そうに加勢した。

「わたしはねえ、離婚三回よ。どれも最後はドロドロで大変だったけど、また誰か好きになったら、ぜーったい、結婚したいわよ。この人のために生まれてきた。だから、お互いのものになる、死が二人を分かつまで、そういう約束が欲しいわよ。それでこそ、恋よ」

「正田はそんな風だから、相手に逃げられるんだけどね」

みっちゃんが、混ぜっ返した。

バーの店主にも正田と姓で呼ばれるのは、自分でそう仕向けたからだ。店に入るとき、「正田、参上しました」と敬礼する習慣がある。照れ隠しだろうが、こんなことをする女はモテない。はずなのだが、三度結婚したというから、蓼《たで》食う虫も好き好きだ。やはり、カオルには「結婚」こそが謎である。

「気持ちが重すぎると、嫌がられるんだよね。あー、自分で言ってて胸が痛い。僕も、それで逃げられるからなあ。でも、コントロールできないんだよ」

みっちゃんが、ムンクの『叫び』のように両手で頬を押さえた。

「でしょう？　それが本当よ。おまえはねえ、本気で生きてない」

正田はカウンターにもたれた斜めの姿勢で、カオルに人差し指を突きつけた。

「正田の本気はすごいよ。看病するために男が病気になるよう、お呪《まじな》いするんだから」

みっちゃんの言葉に、正田は頷《うなず》いた。

「献身的な看病くらい、絆を強めるものはないもの。そりゃあ、やるでしょ」

中学生じゃあるまいし。カオルは呆《あき》れながらも、訊かずにいられなかった。

「お呪い、効いたの？」

「効かなかったけど、待ってりゃ、人間は普通に病気するからね。風邪ひいたと聞いたときは、飛んでったわよ。くしゃみと鼻水くらいなのを無理やり寝かせて、卵のおじや作った。卵はお呪いより、効くからね」

「わたしは看病なんて、やったことないなあ」

でも、男を惹《ひ》きつけるコツは知ってるよ。心の中でうそぶいた。すると、みっちゃんがすかさず言った。

「この女はズルいんだよ。日陰の女の風情だけでオトしてるんだから。靴下はかせてやっても、うんこのついたパンツ洗ったことはないでしょう」

「ない」

「ほら、だから、ゲームなのよ。バーチャルよ。嘘っこよ」

正田が鼻息荒く、たたみかけてきた。

「きれいごとだけで成立するのは、恋じゃない。相手の男だって、本気じゃないよ。ムードに酔ってるだけよ。恋愛ごっこで幸せになってるなんて、そんな生《なま》ぬるい関係、許せない」

目の縁が赤くなった。あっという間に、大粒の涙がダダ漏れである。めんどくさいなあ。だから、逃げられるのよ。カオルはうんざりを顔に出した。

「なんで、怒るのよ。いいでしょ、人のことなんだから」

「苦しい思いをしてる人間にとって、苦しんでない人間は敵なんだよ」

みっちゃんが正田の味方をした。サービス精神がより傷《いた》んでいるほうへ向かったのか、あるいは本音百パーセントなのか。

だが、ヤリマン同様、こういう決めつけはカオルを傷つける。

「わたしだって、苦しんでるわよ」

「へえ、そうかい？」

みっちゃんは、軽くいなした。

「そうよ。当たり前じゃない。苦しんでない人間なんて、いる？」


そうだよ。苦しいことばっかりさ。

仕事なんか、ちっとも楽しくない。そのうえ、会社には気に食わない人間が三人はいる。日々顔を合わせるだけで、ムラムラ怒りが湧《わ》いてくる。それでも、生活のために耐え難きを耐えるのだ。カオルの日常にはいいことなんか、一つもない。

恋人に会うと、それらのすべてがただの背景になる。だけでなく、さらに見えなくなるまで後ずさる。

カオルは無口になり、何の要求もせず、ただ抱かれるためだけに、そこにいる。

話したいことなんか、ない。欲しいものもない。わけのわからない、「好き」という情が噴出するひとときがあれば、その快感だけで生きていけるのだ。

そんなカオルの恋模様を、ゲームだと貶《おとし》めてほしくない。あえて言うなら、「趣味」である。なんなら、「特技」と言ってもいいが。

どっちにしろ、本気で取り組んでるんだからね。バカにしないでもらいたい。

不倫者にとって最大のドッキリは、家族連れの相手と出くわすことだ。切ないとか口惜しいとか惨めとか、そのような愛寄りの感情に襲われるのは人心地ついてからのことで、その瞬間はまさにホラー。チェーンソーを振り回す殺人鬼と遭遇したかのように、声にならない悲鳴が喉《のど》をふさぎ、本能が「身を隠せ！」と告げる。隠れ場所を探してキョロキョロしている時間はないぞ。早く早く、物陰に、とにかく飛び込め！

「ちょっと、なに!?」

いきなり背後に回られ、驚いた正田が肩越しに振り向いた。

「こっち、見ないで！」

カオルは鋭く囁《ささや》いた。勢いに押された正田は素直に顔を正面に戻しつつ、唇の端から囁き返した。

「だから、なんでなのよ」

「会いたくない人がいるのよ」

ほぼ無意識にカオルはうつむき、これでさらに隠れたつもり。本当は走って逃げ出したいが、ここは空港。チェックインカウンターにつながる行列の末端である。

三連休の初日とあって、ソウル行きフライトはけっこう混んでいた。カオルは正田と横並びで、のんきにしゃべっていたのだ。

行列はそれでも、出入り口から三百メートルは離れている。だが、そこで子供がひと騒ぎ起こしたので、思わず伸び上がって見てみたら、そこに前カレ、井槌《いづち》がいた。

荷物用のカートに小さい女の子を乗せ、今にも走り回らんとはしゃぐ小学生くらいの男の子を身体で止めている。そばでベビーバギーのハンドルを握る女が、妻に違いない。

「ショウタ、やめなさい」と叱責《しっせき》する声は、人目を意識して上品を繕《つくろ》っているものの、携帯でカオルを脅した、まさに、あれだ。

わ、出た！

と、凍りついたとき、井槌と目が合った。

非公式の関係は、清算した後《のち》もやましさを残す。カオルもパニクったが、向こうはそれ以上だった。パッとしゃがみ込み、女の子に「パパァ、どうしたの」などと言われている。

カオルは盾代わりの正田の陰から視線を飛ばして、様子をうかがった。

井槌一家はアテンダントに引率され、国内便カウンターのほうへ向かっていくところだ。もう、顔を合わせる心配はない。

カオルはホッと息をついて背筋を伸ばし、いつのまにかつかんでいた正田の肩から手を離した。正式に振り向いた正田の眉間《みけん》には、しわが寄っている。

「ごめん」

ぺろりと舌を出すと、荒い鼻息を噴き出した。

「見たわよ。あの家族連れでしょ。悪いことは、できないもんねえ」

そして、ざまあみろと言わんばかりの薄笑いをしてみせた。

まったく、運命の神様というやつは、たちが悪い。こちらを出し抜こうと虎視眈々《こしたんたん》。そして、思ってもみないこと、あるいは起こってほしくないことを、ドッカーンと正面からぶつけてくる。

そもそも、正田と二人でソウル旅行すること自体、カオルにはアクシデント同然だ。

誘ったのは、正田である。韓国食材ショップのキャンペーンクイズで、ソウル行きのペア旅行券を当てたのだそうだ。

だが、なぜ、カオルを誘うのか。正田は「だって、世話になったから」と、モゴモゴ答えた。一度だけ、『ミランダ』で酔いつぶれた正田をタクシーで家まで送ったことがある。タクシー代を立て替え、ぐでんぐでんの正田を引きずるようにしてマンションに運び込み、トイレで嘔吐《おうと》する背中をさすってやった。基本的に同性に対しては面倒見のよくないカオルだが、乗りかかった舟なら、それくらいのことはする。

好きになったら結婚一筋という正田は、律儀の塊である。たった一度の恩義でも倍返ししなければ気がすまないからと理由づけたが、気軽に旅行に誘える女友達がいないのだろうとカオルは推測した。

正田の年齢も職業も、カオルは知らない。ただ、三回の結婚歴と住んでいるマンションのレベルから察するに、五十を過ぎているのは確実だ。実は還暦という可能性もある。少なく見積もっても二回りは上だが、正田は年下と友達付き合いをすることで、自分の「女子度」を証明したがっているように思える。

しかし、いかんせん情が濃すぎる正田は、女に面倒がられるタイプだ。女でありたがる同性を、女は嫌う。だから、恋に生きるカオルも女友達ができにくいのだ。

カオルが正田のぎごちない誘いに乗ったのは、そんな「同病相憐《あわ》れむ」の精神からだ。もちろん、宿泊費を含めて無料というチャンスも逃せない。海外旅行を振る舞ってくれるほど豪勢な男と付き合ったことはなかったし、これからもないだろうから。

金持ちをひっかけるには、それなりの投資が必要だ。なにより、恋の条件に経済力を入れるなんて、不純である。金に目がくらんだことは、一度もない。それがカオルの小さな誇りなのだ。

とはいえ、家族連れの相手とぶつかったら、誇りもへったくれもありはしない。

あー、何事もなくて、よかった!

危機脱出でほっとしたカオルは、機内で、そして空港からソウル市内のホテルに向かう車中で、ずーっと「赤ちゃん、連れてたじゃない。それなのに、不倫してるなんて。あっちもあっちよ。あんたは都合のいい女で、利用されてるだけなのよ」と、義憤に燃える正田の説教を余裕で受け流せた。

カオルが口答えせず、神妙に聞いている(ように見える)ので、正田は次第に気をよくした。

「やっぱり、正義は勝つのねえ。あんたのあわてっぷりときたら、わたしは麻薬の密輸でもしてるんじゃないかと思ったわよ。堂々としてられないんだから、愛人はやっぱり惨めなもんだわ。それに、ああやって家族連れの幸せそうなところ見たら、あんただって、つらいわよね」

最後には、同情モードになった。

どうやら、今カレと勘違いしているようだが、カオルはあえて否定しなかった。

井槌と別れたのは五年前。菅野とは三カ月前からだ。その間に、もう一人いる。前と今の間の、いわゆる元カレだ。井槌とは妻バレがきっかけで別れたのだが、元カレは娘の誕生が分かれ目だった。

娘に夢中になった元カレは、完全に人が変わった。育児休暇をとり、子育てブログを書き、不倫をしていたのは前世の出来事みたいに知らん顔だ。

子育てに積極的な男は、不倫に走らない。これも、経験から学んだ法則だ。育児に夢中になると女性ホルモンの分泌《ぶんぴつ》が活発になって、男心がレベルダウンするのではないかと、カオルは踏んでいる。

こうして、ホテルの部屋に落ち着いたときには、正田はすっかり旅行気分でうきうきし、カオルも男目線を意識せずにすむ気楽さが嬉しくなっていた。女友達が少ないので、こんな感覚は新鮮だ。

荷物をほどき、さあ、これから外出しようと用意をしているところで、カオルの携帯が鳴った。カオルはすぐにとり、耳に当てながらバスルームに入った。背中に正田の視線を感じて、ドアを閉めた。

「カオル」と井槌が、悩ましげな低い声で呼んだ。

妻に番号を知られた携帯は無論、すぐに新しいものに買い換えた。だが、会社のPCあてに謝罪のメールが入ってきたとき、カオルは新しい番号を教えた。一応、「奥さんに知られると困るから、かけてこないでね」と釘《くぎ》を刺したが、それは「バレないようにするのよ」という暗号でもある。で、井槌はときどき電話をかけてきた。だが、関係の復活には至らなかった。

よほど、妻の引き締めがきついのだとカオルは思っていたが、今日の様子を見ると、井槌も育児で不倫どころではなくなっていたのだろう。

だが、今、電話をかけてきた。

「ごめん」と、井槌は低い声で続けた。

「もう、電話しないつもりだったけど、顔見たら我慢できなくなって……」

胸がキュンと疼《うず》いた。

「お子さん、可愛いわね」

可愛いかどうか、よく見なかったからわからないのだが、とりあえず、そう言った。

「……ごめん」

不倫男は、この言葉が好きだ。

所帯持ちで、離婚する気もなくて、ごめん。謝りながら、うっとりしている。家族がいるのに、他の女に愛されてる俺――。

「電話なんかしてて、いいの?」

責めているような誘っているような、低くて甘い声と言葉が、自然に出る。やはり、この不倫手管は特技と呼ぶべきだろうか？

「ああ。今、一人だから」

「でも、ご家族と一緒でしょう？」

「うん。あの、うちのやつのほうの法事でね」

家族連れの理由を弁解がましく説明するのは、家族といたのは自分の意思ではないと言いたいからか。

「じゃあ、もう切ったほうがいいんじゃない？」

いじめてやると、案の定、

「うん。でも、切りたくない」

ムッフッフ。甘ったれた鼻声に、会心の笑みが噴き上がる。

「ダメよ、そんなこと、言っちゃ」

とか呟《つぶや》きつつ、こっちからは電話を切らない。そうすると、男の未練はいやがうえにも募るのである。これも、結ばれなかった恋だけが持つ、甘い甘い後味だ。いつまでなめても消えてなくならない飴玉《あめだま》。舌なめずりしながら、思わせぶりで気を引いたら、ドアが強い勢いで叩かれた。

「ちょっとお。トイレ使いたいんですけど」

正田の大声は、井槌の耳にも届いたようだ。

「切ったほうがいいね」

やっと言い、そして、最後に一言。

「女友達との旅行なんだね。よかった」だなんて、可愛いんだから、もう。

ニヤけ顔のまま、ドアを開けた。正田は腕を組んで、カオルを睨《にら》みあげた。

「ごめん。どうぞ」

場所を空けた途端、また、携帯が鳴った。今度は菅野からだ。正田をバスルームに押し込み、こっちからドアを閉めてやった。そして、窓際に寄った。

「はい」

「もう、ホテルに着いた？」

菅野には、ソウルに行くことを知らせてある。

誰と行くのか、菅野は気にした。「女友達よ」とカオルは正直に告げたのだが、「ほんとかな」と冗談めかしながらも、嫉妬しているのは明らかだ。その様子がまた、快感だった。だが、菅野も三連休は家族と過ごすのだ。

結婚している男とは、休日を過ごせない。なのに、男は自分を棚にあげて、恋人が休日を誰と過ごすのか、ひどく気に病む。自分は家族を捨てないが、恋人には自分だけを愛してほしいのだ。まったく男というものは、甘やかすとどこまでも増長する、躾《しつけ》の悪い座敷犬みたいだ。

だが、カオルには、その増長ぶりがおいしいのだ。扱いやすいバカさ加減が、いじらしくなってくる。

「ずっと話し中だったね。誰と話してたの」

「友達よ」

「長話だったね」

「そうでもないと思うけど」

「こっちはずっとかけてたから、長く感じた」

中身のない会話だ。話したいことなど、ないからだ。ただ、声を聞く。それだけで、セックスに近くなる。こんなことになるのも、秘めた仲なればこそ。

やめられませんねえ。

うっとり目を閉じたのだが、またしても正田の大音声《だいおんじょう》が空気を引き裂いた。バスルームから出て、しばらくはそれでも遠慮していた模様だが、カオルが発散する不倫の匂いにブチ切れたようだ。

「早く出かけたいんですけど。ホテルでグダグダするために来たんじゃないんだから」

「じゃ」

短く言って電話を切り、正田に振り向いた顔には、またしても笑みが残った。正田は眉を吊り上げた。

「いやらしいわねえ、デレデレしちゃって。不倫女って、一日中、そんな感じなの?」

「たまたまよ。ごめん。出かけよう」

夕暮れのソウルは、軒を連ねる屋台で狭くなった往来に人が溢《あふ》れている。怒っていた正田もその空気に染まって、すぐに機嫌を直した。屋台をのぞき込み、ポテト、焼き栗、黒蜜入りのクレープ、チヂミ、トッポギと次から次へ口に入れ、お腹が一杯になったので、焼肉ではなくお粥の店に入った。

そこでまた、携帯が鳴った。井槌からだ。カオルは「今、ご飯食べてる」と、向かいの正田を見ながら、笑顔で話した。正田はへの字口だが、もはや隠す気はない。

食べ終わり、会計をしているときに、またも着信。今度は、菅野だ。カオルは今度も、短く応対した。ほぼ本能的に正田に背を向けたが、内容は聞こえるままにした。どうせ、「ご飯食べ終えて、これからホテルに帰るところよ」「お粥、おいしかった」などと、小学一年生の作文みたいな毒にも薬にもならないことしか言ってない。

それに、正田の機嫌より、井槌が、そして菅野が、電話をかけてくることでもたらされる心身の甘い疼きのほうが、大事だ。

夜、また、菅野から電話がかかってきた。正田は入浴中だ。それを告げると「じゃあ、ゆっくり話せるね」と、含み笑いで菅野が言った。

「また、そんなこと言って」

こちらも含み笑いで答えるカオルは、パジャマでベッドにあぐらをかいている。姿勢に色気がなくても、声はベタ甘だ。ヒソヒソと、例によって意味のない会話をしていたら、後ろからいきなり携帯をもぎ取られた。

頭をタオルで覆い、バスローブを羽織った正田が、仁王立ちで携帯に怒鳴った。

「あなたねえ、奥さんいるんでしょ。何やってんですか!」

取り返そうと手を伸ばしたカオルは、正田の軽いひと押しで簡単にベッドに転がされた。

「あんな可愛い子供が三人もいるのに。しかも、一人はまだ赤ちゃんじゃないの。奥さんは育児で大変なのに、こんなにしょっちゅう電話かけてきて、ほんっとに不誠実!」

違う、違う!

カオルは思わず両手をバタバタさせ、かぶりを振って、全身で否定した。あれは井槌で、菅野には子供がいない。

だが、正田に通じるわけがない。

「こんなことしてたら、いつかバチが当たりますからね。いくら、この女があなたに都合のいい、不倫好きな、だらしないビッチだとしても、神様は見てるんです。子供のこと、考えなさい。あなたの親が不倫してるのを知ったら、あなたはどう思う? イヤでしょう。どうなの!?」

言うだけ言った正田は唇を結び、今や寝転がって天井をぼんやり眺めるカオルを見下ろした。そして、ポンと携帯を投げてよこした。

「切れたわ」

カオルは黙って、横を向いた。怒る気にもなれない。

自分のベッドに腰をおろした正田は、気まずそうに目をそらし、頭をごしごし拭きながら言った。

「わたし、謝らないからね。旅先にこんなこと持ち込む、あんたが悪いんだから。なんなら、明日のフライトで先に帰ってもいいよ」

頬をふくらませ自己弁護する正田に、カオルは言った。

「帰らないよ。せっかくの旅行なんだから」

そしてバタンとあおむけになり、天井を眺めた。

「あのさ。今話した相手は、空港で会った人じゃないの」

「え？」

「あれは前カレで、今のは今カレ。今カレは、子供いないのよ」

正田はまじまじと、カオルを見つめた。

「あんた、不倫のかけ持ち、してるの!?」

「かけ持ちじゃないよ。前と今だって、言ったでしょ。わたしは一回ずつ、全力投球よ。不倫な中にも礼儀あり、よ」

正田は目をむいた。怒りは感じられない。ただ、驚いていた。

「だって、電話の様子はどっちも同じいやらしさだったわよ。どう見ても、あれはかけ持ちよ」

「まあ、さっきの電話で、今カレもそう思ってるでしょうね」

ため息をつくと、正田が爆笑した。

「やっぱり、悪いことはできないねえ」

深夜、携帯が鳴った。正田は軽いいびきをかいている。カオルは「かけ直す」と言って切り、カーディガンを羽織って、部屋を出た。そして、エレベーターホールの椅子に腰掛けて、菅野を呼び出した。

「もしもし」

弱く話しかけると、やはり弱く返ってきた。

「……他に付き合ってる人、いるの？」

「空港で、前に付き合ってた人を見かけたの。で、電話がかかってきたものだから、少し話したりしたのを、友達が見てて、誤解して……」

正直に説明しながら、アホらしくなってきた。こういうの、疲れる……。

「電話かけてきて、なんて言ってるの？　復縁したいの？」

「そんなこと、しない」

「そうかな。カオルは……優しいから、また会ってくれって言われたら、会っちゃうだろう？」

優しいから。その言葉の前に、空白があった。カオルの優しさを、菅野はもう、信じていないのだ。

カオルは答えなかった。井槌が会ってくれと言ってきたら、カオルは会う。普通、女は焼けぼっくいを残さない。別れた男は死んだも同然。それが、女というものだ。だが、カオルは違う。男の未練が、好物なのだ。そして、本当に不倫のかけ持ちをすることになる、かもしれない。

「できたら、会わないでほしい。でも、俺にそんなこと言う資格、ないよね」

菅野は、ため息をついた。

「今のわたしは、あなただけだから」

カオルはそう言った。だが、いつものような効果はなかった。

「じゃ、また、電話する」

菅野はつまらなそうな声でそれだけ言って、電話を切った。

俺以外の男と会うな。なぜ、そう言わない。

家族は捨てる。カオルと一緒に生きる。どんなにつらくても、カオルと生き抜く。

なぜ、そう言わないのだ。

『舟唄』は、カオルのテキストだ。男はどんな女が好きか、教えてくれる。同時に、男の本音も。

しみじみと、思い出だけが行きすぎる。ぽつぽつと、未練が心に湧いてくる。その感傷を肴に、一人、酒を飲む。

男は手に入らないものが好きなのだ。思い出と未練で、じくじくロマンチックに傷みたいのだ。だから、あらかじめ別れが定まっている関係に萌えるのだ。

カオルはもしかしたら、すべてを捨ててカオルを選ぶと言ってくれる男がついに現れるのを、待っているのかもしれない。

ふと兆《きざ》した心の声を、カオルはすぐに踏みつぶした。そんなこと、ない。

この通話を最後に、カオルの携帯は鳴らなくなった。菅野どころか、井槌からも、コールがない。

ピタリと黙った携帯に、つい、目が行く。正田までが気を回し、「家族旅行じゃ、そうそう、電話なんかしてられないでしょう」と慰めてくれる始末。

しょせんは、そういうことなのだ。こんな関係が、本当に恋なのか――なんて、うるさいぞ、自分。恋です。恋に決まってます。


ソウルから戻り、空港のバス乗り場で別れるとき、正田はカオルに言った。

「不倫は女のほうも不幸だって、あんた見て、わかった。だから、こういうの、やめたほうがいいと思う」

カオルは、カラリと笑った。

「ぬるめのカンと、あぶったイカと、ぼんやりともった灯りみたいな舟唄女をやりたいのよ。日陰の身だの、都合のいい女だの、後ろ指さされても、結局ひとりぼっちで惨めに野垂れ死にすることになっても、限界まで、恋を求める。女でいる」

「あんた、そんなこと言えるの、まだ若いからよ。老後のことは真剣に考えないと。お金、ちゃんと貯めてる？」

「貯金はしてるわよ」

「まあ、二泊三日一緒にいたから、財布のひもが固いのはわかったけどさ。ゆるいのは、お股《また》だけなわけね」

「やだ！　そんないやらしいこと、よく平気で言えるねえ」

「いやらしいことしてる人に、言われたくないね。なによ、この、かけ持ち不倫女」

なんで、笑ってしまえるんだろう。正田も笑っている。


社宅に戻ったときは、十一時を回っていた。同僚たちはもう寝ているのか、外出しているのか、わからない。カオルはキッチンの灯りをつけ、同僚へのソウル土産を冷蔵庫に入れるべく、紙袋から取り出した。

真っ赤なキムチを見たら食べたくなり、ひとつの包みを開け、じかに箸《はし》を突っ込んで、つまんだ。そして、マッコリの封も切って、湯飲みに注《つ》いだ。こうなったら、一人酒盛りだ。

しみじみ飲んで、気がゆるみ、涙がぽろりとこぼれたら、夜更けて寂しくなったなら、歌い出すのさ、舟唄を。

黒魔術の女とお呼び

世の中、なんでもありである。三十三歳の女が二十三歳の男と付き合うくらい、どうってことない。普通だと言ってもいい——は、言いすぎかな？

しかし、世間には二十代の小娘と結婚する六十男もいるのだ。それに比べりゃあねえ。

比べて、どうだってんだ？

徳永早紀子《とくながさきこ》は、自分に突っ込んだ。

だからさ。十歳年下と付き合うのは、異常なことではない。恥にも自慢にもならない。てか、やっぱり、自慢だろ？　三十女が若い男にモテてるんだから。

だがなあ。早紀子が十も下の男と付き合っていると知ったら、絶対、こう言う人がいるはずだ。

「大丈夫？」

つまり、金目当てとか、お手軽セックス目的だけとか、相手によからぬ魂胆があるのではないか？

いやまあ、おおむね、面と向かっては「いいわねえ」と羨《うらや》ましがってくれるだろうし、半分くらいは本気で妬《ねた》んでくれるだろう。で、どっちにしろ「大丈夫かしらね、彼女」と、陰口をきくのだ。

大丈夫じゃないんですよ、十も下の男と付き合うのって。だから、秘密にしてるんです。

「サキちゃんさあ、一人暮らし、いつ始めるの？」

ここのところ、ケースケは二言目にはそう言う。

「ショップの責任者に昇格したんでしょ。だったら、そろそろ、いいんじゃない？」

「ダメ」

早紀子は一言の下に却下した。

「即答だなあ、サキちゃん、俺を愛してないの？」

ケースケはベッドに横たわったまま、甘ったれたことを言う。細長い床置きミラーに向かい、化粧直しをしていた早紀子の眉間《みけん》にしわが寄った。

「誰にも邪魔されず、二人でゆっくり過ごしたいと思わない？」

「ここだって、誰にも邪魔されずに過ごせてるじゃない」

そこは一応、マンションである。八〇年代後半に量産された、いうところのバブルのあだ花、ワンルームマンション。キッチンとユニットバスとベランダはどれも、そこにあるというだけのせせこましさ。作りつけのクローゼットはコインロッカー並み。これが「最先端のおしゃれ」だったとは。金メッキ時代のセンスとは、つまるところ「俗悪」の一言に尽きるという証明だ。

時代に見捨てられた物件は老朽化する一方で、今や下流の城である。

二十平米《へいべい》の部屋は、下部が引き出し収納になっている安物のベッドでほぼ満杯状態。床の上には、ノートパソコンと電気ケトルと携帯と携帯の充電器、ネットオークションで落とした中古品の扇風機と小型冷蔵庫、そしてハンディ掃除機が転がっている。

エアコンは部屋の前の（あるいは前の前の、もしかしたら、さらに何代か前の）住人が置いていったものがあるが、はずされっぱなしのプラグに埃《ほこり》がへばりついている。

テレビもオーディオコンポもない。洗濯機もない。必要がないからだ。ケースケにはコインランドリーと、その料金を払ってくれる早紀子という強い味方がいる。

付き合いが二年目に入り、ケースケの早紀子依存度は目に見えて増してきた。

ワンルームマンションのユニットバスでは、シャワーを浴びるのが精一杯。だから、ケースケは早紀子とラブホに行くとき、入浴剤を持参する。そして、ことの前後に一人で風呂に入り、「極楽極楽」とほざいていた。それはそれで可愛い光景ではあったが、近頃は「ちゃんとした家風呂に入りたいなあ」と、文句を言うようになった。

そのためには、早紀子に一人暮らしをさせ、そこに入り浸り、なしくずしのうちに転がり込むのが早道と踏んでいるのだろう。

そうはいくか。

「言ったでしょう。わたしが一人暮らしをするのは、自分の家を建てたとき。そのために一生懸命、お金貯めてる段階なんだから」

それなのに、あんたにスネかじらせてやってるんだから、バカよね。

口に出さないが、思っていることは顔に出たようだ。ケースケはベッドに寝転がったまま、下半身を跳ね上げるようにしてパンツをはきつつ、うそぶいた。

「だからあ、そんなに用心深くならなくても、そのうち俺が食わしてやるっちゅうに」

ケッ。二十三歳のフリーターが言う台詞《せりふ》か。

いや、二十三歳だから言えるのか？　草食だの内向きだの、最近の若いもんはめっきり器が小さくなったと揶揄《やゆ》されているが、平気で誇大妄想できる「若気の至り」はやはり、不滅なのか？

「I got a black magic woman」

若気の至りが鼻歌を歌う。

「She's got me so blind I can't see」

歌いながら、早紀子にわざとらしい流し目をくれる。早紀子は口の中で毒づく。バカ！

ケースケは、まだ学生だ。だが、留年中のうえ、大学にはほとんど行ってない。そもそも行く気がないのだから、いっそ中退してしまえばいいものを、田舎の親が卒業を希望して学費を出してくれているので「来年の春には、なんとかしなきゃなあ」と、妙に律儀である。ロック・ミュージシャンのくせに。

そうなのだ。ロックがケースケの天職（自己申告）なのだ。彼のクローゼットには、服が一枚も入ってない。ギター様と携帯用アンプくんがお住まいあそばす神殿だ。部屋の掃除はせずとも、ギター様の手入れだけは欠かさない。

今はまだストリート・ミュージシャンの身の上だが、二カ月に一度は仲間とライブハウスで演奏しているし、メジャーデビューすべく、YouTubeに動画投稿もしている。

ジャスティン・ビーバーを見ろよ。YouTubeに映像を流しただけで、グラミー賞だぜ。

これも口癖だ。しかし、この地球上に第二のジャスティン・ビーバーを目論《もくろ》むバカがどれほどいるか、考えただけで早紀子は笑い出したくなる。

「あの子は、才能があったからでしょ。可愛いし」

一般論を言うと、ケースケは肩をすくめる。

「ビーバーなんて、可愛いだけだよ。動くバービー人形の男版みたいなもんで、しょせんは子供のおもちゃ――あ、ビーバーがバービーだって、俺、今、かなり面白いこと言ったかも」

「面白くないよ」

早紀子は冷たく突き放したが、実は唇がほころんだのを見られないよう、あわててグロスを塗る仕草を繕《つくろ》った。言葉遊びは、面白くもなんともない。ケースケの無邪気さが可愛いのだ。ほんと、バカ。ほんっと、ガキ。

「ま、ビーバー程度でもグラミーとれるのが世界のミュージック・シーンてわけだから、俺の将来は保証されたも同然てこと。才能ならバッチリだし、可愛いし。だろ？」

見透かすような視線を投げてくるのが、腹立たしい。

あんたの才能と可愛さに神通力があるのは、わたしに対してだけなんだよ。だから、情けないのよ。こんなバカに給料の何割かを食われて、マイホームの夢を自分で遠ざけてるんだから。これが犬猫なら、迷わず写真を携帯の待ち受けにして見せびらかし、同僚に「可愛い！」なんて言われて、得々とできる。親バカなんですと、一片の恥ずかしさもなく、自慢できる。でも、ダメ男を飼っている場合は、人に言えない。親にも同僚にも親友にも、言えない。

二年前、職場の飲み会で悪酔いをした。上司が酔うといつも持ち出す、人生訓話の垂れ流しにアタったのだ。

「向上心を持って頑張れ」「日頃の努力は必ず報われる」「天は自ら助くる者を助く」エトセトラ。

いつものことなのに、そのときはやたらとムカついた。生理中だったせいか。あるいは、気にしていないつもりだった「三十代突入の危機」に脅かされていたのか。自分でもわからないが、とにかく、無性に腹が立った。

頑張って、どうなるんだ。努力して、何が報われるんだ。早紀子が働いているのは、金のためだ。生きるためだ。今の化粧品会社も、入社試験に落ち続け、焦りに焦って「下手な鉄砲も数打ちゃ当たる」方式で応募したら採用されたというだけのことで、いくら働いても、会社にも製品にも思い入れを持てずじまいだ。

不採用通知の山は、早紀子に劣等感を植え付けた。特殊技能のない自分は、真面目に一生懸命やるしかないのだ。もっと給料のいい仕事につきたいという願いは常にあるが、自信のなさに定職があるだけでありがたい景気低迷が拍車をかけて、動くに動けない。

食べるために、今の仕事にしがみついている。それだけの人生が、この先も続くだけなのか。こんな考え方では、とてもモタない。必要なのは、モチベーションである。

そう言ったのは、人生訓話上司である。入社当時の早紀子はウブで、彼の言葉にいちいち感じ入った。そして、彼がさらに続けた「モチベーションは人に与えられるものではない。自分で見つけろ」なるお言葉に発奮し、モチベーション設定に躍起になった。

ところが、いくら考えても、目標が見当たらない。モチベーションが欲しいのに、先行きへの思いがうすらぼんやりしている自分が歯がゆく、情けなかった。そんなこんなで鬱屈《うつくつ》しきりの二十五歳となったある日、雑誌で『家を建てた女たち』なる特集記事を読んで、目から鱗《うろこ》が落ちた。

早紀子は四人きょうだいの次女で、姉と妹はすでに結婚し、末っ子の弟が親と同居している。家族との間になんらかの軋轢《あつれき》があるわけではないが、愛着が薄く、あの家にいつか戻るという気がしない。なぜか、結婚願望もない。

だったら、自分の家を持てばいい。こんなわたしだって、倦《う》まずたゆまず働いてさえいれば、家を建てられるんだ。

目標があれば、努力はしやすい。モチベーションの必要性を説いた上司は正しかった。

早紀子は勇躍、節約生活に入った。

花の二十代におしゃれもせず、美容院にも行かず、海外旅行は夢にも見ない。盆暮れの休みは実家でゴロゴロするだけ。雑誌や本やＤＶＤは社宅の同僚たちに回してもらう。女ばかりの職場で出会いがないため、セックスライフは学生時代のボーイフレンドと旧交を温める程度でよしとした（ケースケと付き合う前の二年間は、ほとんど処女だった）。

月の共益費一万八千円也の借り上げ社宅住まい最古参で「牢名主《ろうなぬし》」と陰口を叩かれ、かつ、身勝手な同居人たちへの不満を溜《た》め込みながら、目標のために耐えてきた。贅沢は敵なのだ。

努力して向上していけば、給料があがり、目標を達成できる。早紀子は一途《いちず》に、上司の訓話を地でいく途上にいた。なのに、あの晩は理屈抜きでムカついた。

向上心や努力では埋めることができない、むしろ、そのようなきれいごとの重石《おもし》が作り出した穴ぼこが、早紀子の中にある。何かが足りないのだ。血湧き肉躍るような何かが。

悪酔いしたのは気分だけで、体質的にアルコールに強い早紀子は、酔いつぶれるということがない。飲み会解散後、一人飲みで気分転換を図ったが、何も変わらなかった。仕方ない。最終電車を逃さないよう、帰ることにした。こんなときにも節約精神は作動して、タクシーに乗るのを自己規制したのだ。

十二時近い駅前広場を横切ろうとしたとき、キュイーンとくねる音色が子宮のあたりを直撃した。なんだろう。外から聞こえているのに、身体《からだ》の内側の痒《かゆ》いところをかくような、まさに的を射たアタック感。衝撃で思わず、身をかがめたほどだ。

それまでの早紀子は、音楽に縁のない生活をしていた。流行《はや》りの歌を口ずさむ程度で、ライブに行ったこともない。その欲求がなかったからだ。だが、その夜のそのメロディーは、何かが違った。

引き寄せられていくと、音の源は小さなアンプにつないだエレキギターだった。うつむいているせいで、前髪が顔全体を隠している男が弾いていた。その足元に酔っぱらったオヤジがうずくまり、低く唸《うな》っている。

「いいねえ、やっぱり、さんたなは」

オヤジは首を振ると、ヨロヨロ立ち上がった。そして、ズボンのポケットからつかみ出した五百円玉を、ギターケースに落とした。そこには、くしゃくしゃの千円札数枚と小銭がいくつか入っていた。

「ありがと。またな」

オヤジは手を振り、低く唸りながら（鼻歌のつもりらしい）ヨロヨロと駅構内に消えた。男はギターを背中に回し、しゃがんでケースの中の小銭をかき集めにかかった。

「あの」

話しかけると、頭を振って目にかかる前髪を払いのけ、思いのほか明るい眼差しを早紀子に向けた。

「悪いけど、きょうはもう終わりなんで」

「そうじゃなくて、今の曲、なんていうの？」

「『哀愁のヨーロッパ』」

『哀愁のヨーロッパ』。口の中で繰り返した。古めかしくも、大仰なタイトルだ。ヨーロッパって、範囲広すぎじゃない。北欧なの、南欧なの、それとも東欧？　イメージできないわよ。けど、哀愁というのは、いい。近頃使わない言葉だが、まさにあのメロディーの質感を言い表している。

「あなたの曲？」

アンプを自転車の後部シートにくくりつけていた男が、噴き出した。

「まさか。サンタナ知らないの？」

「知らない」

「ああ、世の中には、そういう人もいるんだ」

男は一人で頷《うなず》くと、早紀子に向き直った。

「サンタナ。一九七〇年代に、ロックの神様からこの世界に派遣されてきたギターの申し子。俺の守護天使」

「……そうか。ありがとう。ネットで調べるわ」

なんとなく手を振って踵《きびす》を返したら、後ろから呼び止められた。

「サンタナの曲聴きたいなら、明日もここへ来なよ。やってあげる。サンタナの曲なら、俺、全部弾けるから」

早紀子は男の顔を見た。学生っぽい。これ、ナンパだろうか？　違うな。ストリート・ミュージシャンの客引きだ。

「明日も、この時間？」

「十時頃から、いるよ。ここ一等地だから、順番があってね。俺が使えるのは、十時から十二時十分前まで。十二時過ぎると、いろいろうるさいんだ。一応、これ、違法行為なんでね」

「へえ、そうなんだ」

男はざっと、ストリート・ミュージシャンのルールを教えてくれた。

路上でのパフォーマンスは、正式な許可制を施行した東京都以外は、おしなべて違法行為に当たる。だが、著しい迷惑にならない限りは見逃されている。ストリート・ミュージシャンたちは、その「お上の見逃し」を維持するために、自分たちでルールを決めて共存共栄を図っているのだそうだ。

こうして、翌日の再会を約束して最終電車に乗った早紀子は、ムカつきがきれいさっぱり消えているのに気付いた。

あのエレキギターの音色のせいか？

それを確かめるために、また同じ場所に行くのが待ちきれなかった。

翌日は一度社宅に戻り、夕食をすませ、Tシャツにジーンズで電車に乗って、わざわざ出向いた。その甲斐《かい》があった。男は早紀子の顔を見ると、ニヤリと笑って『哀愁のヨーロッパ』を最初から最後まで弾いてくれた。

聴いてみれば、ベタな泣き節だ。だが、そこがいい。俗っぽいのに、高貴な輝きがある。官能的だが、そのグルーヴは天の高みを目指している。

地面に尻をつけ、体育座りで耳を傾けている間、気持ちがよかった。内側で何かがほどけていく感じで、知らず知らずに微笑《ほほえ》んでいた。

それが、ケースケとの出会いだ。

早紀子はそれから毎日、彼の演奏を聴きに行った。駅前広場だけでなく、スクランブル歩道橋の真ん中や日曜日のフリマ会場やどこかの大学の学祭、そしてライブハウスにも赴《おもむ》いた。無論、そのたびにお金を払った。そのうち、ライブ前の食事をおごるようになった。そして、二カ月後にわびしいワンルームマンションまでついていき、社宅に朝帰りした。


ギターを弾く男は、指が長くて美しい。弦をかき鳴らす指は繊細に巧妙に動き、大変によろしいのである。

セックスがうまい。それは、いい。だが、躊躇《ちゅうちょ》なく早紀子に甘え、たかり、なかばヒモのような存在に滑り込んだケースケの手口は、ダメ男の典型ではないか。早紀子は、そう思うのだ。生産性のない男と付き合うことの、どこが悪いのか。それで誰かが迷惑するわけじゃなし。後先を考えない、これこそが恋よ、とうっとりしてもいいくらいだ。

でも、できない。ケースケとズルズル付き合っているのは、自分がダメ女だからだ。

早紀子はそう感じて、恥ずかしいのだ。

だって、どんな男と付き合っているかで、女のランクも決まるでしょう?

生活力があって、性格がよくて、どこに出しても恥ずかしくない人に愛されてこそ、それだけの価値がある女と見なされるし、自信も持てる。

ケースケが自分で言うようにビッグなアーチストになったら、早紀子も彼の才能を信じて支えた恋人として、自分を誇りに思えるだろう。

だが、ケースケにはそこまでの才能はない。

早紀子は音楽方面にはまったく疎《うと》いが、ケースケとの付き合いがきっかけでいろいろ聴くようになって、少しは度合いがわかるようになった。

サンタナやリッチー・ブラックモアやエリック・クラプトンの物真似なら、誰だってできる。それほど、彼らのスタイルは決定的だから。ピアノを習えば、誰だってショパンやモーツァルトをそこそこ弾けるのと同じことだ。

本物は、導き出す音の質が最初から違う。音そのものに、何かがこもっているのだ。あえて言うなら、魂だろう。

演奏者は全身全霊を捧げて、音の中に自らを溶かし込む。音はふくらんで、ドクドク鼓動する心臓そのものになり、その心臓が内側から煮立って燃えて、爆発し、白い光を放って宇宙に発散していく。ライブを収録したＤＶＤやＣＤでさえ、それが心の目で見える。三十過ぎて、早紀子はそれを初体験した。

ケースケはオリジナルと称する楽曲も弾く。世界に認められるはずのそれらは、けれど、サンタナの物真似の域を出ないと、早紀子にさえわかる。

わたしは、にせ者で満足している。恋人がミュージシャンだという、それだけのことでうっとりしているのだ。女子高生並みに。

この間、仕事帰りにケースケを拾って、二人で夕食をとるべくショッピングモールを歩いていたら、突然、ケースケに誰かがぶつかってきた。

制服を着た女子高生がケースケの右腕を両手で抱え込み、上目づかいで彼を見てニヤリと笑った。

「ケーちゃん、一人？　どこ行くの」

「ご飯食べに。この人と」

ケースケは、二歩先で立ち止まり振り返った早紀子を指さした。女子高生はケースケの肩にもたれかかって、早紀子を見た。

こんな人の往来の多いところで、制服のまま男にじゃれつくなんてことをして、いいのか？早紀子が高校生の頃は、学校にチクられるのが怖くて、男の子と手をつなぐのにも慎重に場所を選んだぞ。

今だって、同じだが。ケースケと手をつないで歩くのなんて、暗い夜道に限られる。明るいところでは、誰かに見られても「ちょっとした知り合いですよ」と笑っていなせる距離を保っている。実際、以前、職場の同僚に目撃されたが、彼女はケースケを早紀子の弟だと誤解したので、そのままにしておいた。

この女子高生にも、早紀子は姉に見えはしないか。

仕事帰りの早紀子は、ばっちりメイクである。コスメショップの店長なんだから、当たり前だ。本社に寄っての帰りなので、私服といえどもパンツスーツ。髪はひっつめで、どこから見てもバリバリの働く女である。

だが、ケースケは「この人」と言った。女子高生の脳みそはただちに、「この人」を「彼女」に変換させたに違いない。傲慢《ごうまん》な眼差しが、その心中を物語っている。ついこの間まで女子高生だったから、どう思っているかなんて、お見通しだ。

なんだ、おばさんじゃない。わたしのほうが勝ちよ。わたしが誘えば、この人だって、すぐにオチるに決まってる。

そして、きっと、その通りだろう。ケースケは簡単に、オチる。というか、彼女を食っちゃうだろう。ミュージシャンはモテるのだ。

かく言う早紀子も、ケースケがたとえば道端で色紙に「きのうのキミがきょうのキミを支えるんだよ」みたいなヨタッパチを書いて小銭を要求する自称詩人とか、コンビニ（ケースケの主なバイト先）でおでんを温める気のいい就職浪人とかだったら、付き合ってなかったと思う。

あの音を出した。それで食われた。以降二年間、食われっぱなし。

わたしはもう、女子高生じゃない。三十三歳だ。大人の女として、自分を誇りたい。それなのに。ああ、それなのに。

ケースケを「ケーちゃん」と呼び、人前でベタベタとまとわりついたクソ女子高生は、彼としゃべる間も人をバカにしたような薄笑いを早紀子にチラチラ向けた。

茶色いカーディガンの袖が、手指の第一関節まで伸びている。こうすると、あどけなくて可愛い感じがする。早紀子がひそかに「ロリコン趣味挑発テク」と名付けている着こなしだ。

働く女に、こんなことは許されない。仕事であれ、家事であれ、働く女は腕まくりだ。だらりと袖を伸ばすのは、可愛がられるために存在する人形ですとアピールする媚態《びたい》だ。ムカつく。

なんてことを、会話する若い二人を見ながら、グルグル考えた。

女子高生なんかに、嫉妬するもんか。そう思うのだが、嫉妬しているのである。その若さに。

そして、ケースケが満更でもなさそうなことに。

口惜しいなあ。

あんまり腹が立ったので、もう待つのはよそうと歩き出した。するとまもなく、ケースケが小走りで追いついてきた。

「ねえ、何、食うの。ここで食う？」

のんきに問いかけてきた。

今の子、なんなの。なに、話してたの。そう問い詰めたいのは山々だが、意地でもできるか、そんなこと。代わりに、こう言った。

「あのね。未成年とやるのって、法律違反だよ。訴えられたら逮捕されるの、知ってる？」

「えー、だって、高校生くらいだとやってるのが普通でしょ。ほら、映画なんかで高校生が彼氏とやって、妊娠したのに彼氏が死んで、忘れ形見を育てると涙で誓うとか、あるじゃない。

あれも法律違反なの？　現実に、女子高生と付き合ってる大学生やサラリーマン、ゴロゴロいるし」

「……合意なら、いいのよ」

クソ。あの女子高生とは見るからに「合意」だから大丈夫、と教えてやったようなものだ。

「でも、近頃の女子高生はしたたかで、振られた腹いせにレイプされたとか訴えるのがいるんだから、気をつけないと」

「サキちゃん、さっきの子のこと、妬《や》いてるんだ」

ケースケはニタニタした。

「そうじゃないわよ」とムキになるところが、我ながら青い。早紀子は一つ息を吐いて、冗談口調を繕った。

「女の子という生き物は、あんたみたいなボケ男よりよほど悪賢いって、警告してるのよ。ま、あんたの人生だから、わたしの知ったこっちゃ、ないわ。好きなようにおやんなさい」

ケースケのすぼまった唇から、嚙み殺しきれない笑いが漏れた。

「クックック。わかりました。追っかけの女子高生に迫られても、やらないように気をつけます」

つんと顔をあげエレベーターに乗り込んだ早紀子の横に、ケースケはピッタリ張りついた。

そして、地下のレストランフロアに着くやいなや、先に降りたって鼻をひくひくさせた。

「この匂い。焼肉の気分になっちゃった。今夜はこれで決まりだぜ」

そして、とっとと目の先にある焼肉屋をのぞき込み、「席、空いてる。早く早く」と言い残して店内に消えた。

エスコートなど、期待すべくもない。それにしても、いっぺんくらい、早紀子が何を食べたいか先に訊《き》いたらどうなんだ。まったく、子供なんだから。

それでも、結局は二人で焼肉を食べたのである。匂いがしみついた通勤用スーツは、すぐさまクリーニングに出す羽目になった。この間、出したばかりなのに。クリーニング代だって、バカにならないのに。

なんで、焼肉はダメと言わなかったのか。なんで、言いなりになってしまうのか。

こんなことではいけない。早紀子はまたしても、そう思った。

もっと、しっかりしなくちゃ。地に足をつけた生き方をしなくちゃ。

生活力のないダメ男にたかられて、おめおめと財布のひもをゆるめる毎日なんて、よくない！

そうだ。別れよう。あんなの、人生におけるリストラ対象の一番手だ。

と、思ったって、他に女を作ったとか、暴力を振るったとか、早紀子の財布から無断で金を持ち出したとか、あるいは嘘をついたとか、決定的出来事がないと別れるきっかけがつかめない。あいにく、ケースケはその種のダメ男ではないのだ。

経済力ゼロというのは、別れる理由としては堂々としたものだが、これだけじゃパワー不足なのよね。別れは、多大なエネルギーを要する。だから、この世は別れきれない腐れ縁のカップルで溢《あふ》れかえっているのだ。やれやれ。

こうして、漫然と早紀子の人生にぶらさがっているケースケが、ある日、一枚のチケットを差し出した。

「ライブハウスに出るんだ。来てよ」

早紀子は財布を取り出した。ライブハウスのチケットは、出演バンドがさばく決まりだ。一般に売れるわけがないから、当然、自腹を切ることになる。そして、ケースケの自腹は早紀子である。

「おっと。今回は、ご招待だよ」

ケースケは得意げに、鼻をうごめかした。

今までは、インディーズバンドが使う小さなライブハウスばかりだったが、今度はちゃんと出演料が出る。戦後のダンスクラブから、ゴーゴー喫茶、ディスコ、クラブと、時代に合わせて衣替えしつつ生き延びてきた老舗《しにせ》ナイトクラブが近頃、二十世紀後半の洋楽プレイ企画で当てているのだそうだ。

「ベンチャーズやビートルズのコピーバンドのライブやら、マドンナやマイケル・ジャクソンのなりきりパーティーなんかで盛り上がってるんだよ。で、今度、セブンティーズ・ロック・ナイトってのがあって、俺に声がかかったわけ」

サンタナ・コピーバンドのリードギタリストがギックリ腰で動けなくなったので、代役にスカウトされたそうだ。

「他のメンバーはみんな、おっさんなんだけどね。ストリートで弾いてる俺のことを知ってて、目ぇつけてたわけよ。この腕前だから、当たり前っちゃ、当たり前だけど」

「ふーん」

早紀子はチケットをしげしげと眺めた。ワンドリンク付きで五千円だ。相場として高いのか安いのかわからないが、なにしろ今度はご招待である。

これまでのライブハウスの料金は二千円で、早紀子はそれを三枚購入し、二枚は捨てていた（人にあげて喜ばれるような代物ではない）。金をどぶに捨てるとは、まさにこのことだ。それからすると、今回は五千円をプレゼントされたも同然。初めてのことなので、やはり、嬉しかった。が、早紀子はあえて、ほころびそうになる頰を引き締めた。

「わかった。行けたら、行く」

「俺の出番は九時から十時くらいまでだから、ピンポイントで来ればいいよ。他のは、聞くだけ時間の無駄だから」

チケットに小さく刷り込まれた情報によると、「ツェッペリン、ディープ・パープル、サンタナ他、セブンティーズ・ロックの名曲がよみがえる」とある。熱心なロックファンとはいえない早紀子だが、コピーでもちゃんと演奏してくれれば「聞くだけ無駄」なものではないことくらい、わかる。でも、ケースケは「自分が一番」というポーズを見せたがるのだ。

本気なのか？　そこまでバカか？　ただの強がりか？

我が身を振り返って鑑《かんが》みるに、二十三歳の頭の中身は「そこまでバカ」だと、認識せざるを得ない早紀子である。これが、年下男と付き合うきつさだ。未熟さが見えてしまう。

『セブンティーズ・ロック・ナイト』は、金曜の夜、八時開演だ。チケットには「オールナイトでロックだぜ」と記してあった。さすが歓楽街の老舗だけあって、終夜営業の許可をとっているのだろう。

早紀子は職場から社宅に帰り、レトルトのパスタで簡単に夕食をすませ、Tシャツとジーンズに着替えてきた。ケースケは自分の出番だけ聞けばいいと言ったが、他にすることもないので、八時五分前には店が入っているビルの前にいた。六階建ての上から下まで飲み屋が入っている。

地下にあるライブハウスの入り口は、明るく整備された舗道側にある。だが裏に回れば、近隣のサウナやネットカフェの看板が目について、夜の街らしい不健康な空気が醸し出されていた。

そこを通りかかったとき、スタッフ通用口あたりで口論する女二人の姿が見えた。一人は、この間ショッピングモールでケースケにからみついてきた女子高生だ。さすがに今夜は制服は着ていない。だが、声と横顔の輪郭で、わかった。迷わず歩をゆるめ、観察の態勢に入った。

パール入りファンデでキラキラの顔、垂らした巻き髪に赤いエクステをつけ、パンツが見えそうなミニスカートに子供の長靴みたいなブーツを履いている。タンクトップに重ね着したルーズフィットのニットは片方の肩がずり落ち、袖がやっぱり指まで伸びている。

安っぽい服装だが、可愛く見えた。十七歳だから、可愛いのだ。三十過ぎであれをやったら、ギャグになる。

手に、丸い形に作り込んだカーネーションの小ぶりなブーケを持っている。着色料を吸い込ませて作ったベタなシャーベット・ピンクだ。

ケースケへのプレゼントか？　それを口実に楽屋に入り込むつもりか？　いつも、そんなことをしていたのだろうか——。

早紀子はケースケが出るライブにはすべて顔を出すが、いつも後ろのほうで目立たないように見るだけだ。二十代前半の集団に紛れ込んだ三十三歳は、それだけでストレスを感じるのである。ましてや、差し入れをするとか、人前で親しい仲であることを見せつけるとか、そんなことは絶対にしない。

早紀子は元追っかけではあるが、もはや、そうではない。本当の「関係者」は、表に顔を出さないものだ。こっちが追いかけなくても、あっちがついてくるのだから。そこのところに、なんともいえない優越感がある。だから、こうしてケースケの追っかけ娘を遠目に見るのが、実は早紀子は好きなのだった。

それはともかく、歩く速度を極端にゆるめて聞き耳を立ててみると、どうやら女子高生と揉《も》めているのは母親らしい。ライトブラウンに染めた髪を後ろで束ね、カットソーにスカートにスリッポンシューズというカジュアルながらこざっぱりした服装は、見るからに中流階級の主婦だ。所帯臭さがない。女子高生の母親なのだから、四十そこそこといったところだろうが、雰囲気が自分より若々しいと早紀子は感じた。

なんか、最近のわたし、生活に追われてギスギスしちゃってるかも。思わず反省する耳に、母親の叱声《しっせい》が届いた。

「アキちゃんたちと試験勉強するなんて嘘ついて、こんなところにいるなんて、ママは情けなくて涙も出ないわよ！」

あたりをはばかって声を抑えようとしているが、ヒステリックにトーンが上がっているから、妙に通りがよくて内容が丸聞こえだ。

「やめてよ、ママ。人が見るでしょ」

小声で言い返しつつ視線を巡らせた娘が、早紀子に気付いた。一瞬、眉をひそめたのがわかった。反対に、早紀子の顔には会心の笑みが浮かんだ。

若い外見を勝ち誇ったところで、しょせん、親がかりの身の上じゃ、しちゃいけないことはしちゃいけないし、できないことはできないのよ。

そうだ。若さしかないこの年頃が、実はいかに面倒くさくて苦しいものか、思い出した。あれは、つい、この間のことだった。

子供は無力。それを認めて、大人じゃないことを、口惜しがりなさい。そして、大人をリスペクトしなさい。大人に憧れなさい。早紀子は、目で娘に説教した。ま、無知蒙昧《もうまい》な子供には読み取れないだろうがね。

娘は抵抗していたが、トラブルを恐れた店のスタッフが出てきて説得したので、しぶしぶあきらめたようだ。母親に腕をつかまれ、散歩を嫌がる犬のように力ずくで引きずられていく。その途中で口惜し紛れにか、ブーケを道端に叩き付けた。

早紀子は入り口でチケットを渡し、気分よく顔をあげて中に入った。ドリンクは、ウォッカ・トニック。客席はテーブルがなく、片手にトールグラスを持った客たちは立ちっぱなしで、ステージから流れる『ハイウェイ・スター』に合わせて身体を揺らしていた。

ざっと見たところ五十人はいる客のほとんどが、早紀子より年上に思われる。アルコールを飲みながら、深夜まで懐かしのロックに身を委《ゆだ》ねる。大人だから、できること。ざまあみろってのよ。

早紀子の勝利感は、まだ続いている。飲む前に、音にのめり込む前に、気分で酔えた。何も考えず、今、何が演奏されているかも気にせず、みんなと一緒に身体を揺らしているうちにケースケの出番が来た。

一曲目は『Oye como va』。サビを一緒に歌う。なんて、気持ちいいんだろう。明るくて、原始的な生命力に溢れてる。これがサンタナ。

終わると、大拍手が湧《わ》き起こった。バンドにというより、サンタナと、ここにいる自分たちへの拍手だ。早紀子も手を叩いた。いつのまにか、前から三列目のど真ん中に出ていた。

二曲目は『Hold on』。イントロだけで歓声が上がる。ケースケは気持ちよさそうに、ギターを操っている。

ポール・リード・スミスのサンタナ・モデル。あれは、早紀子が買ってやったものだ。ネットオークションで四万二千八百円で落とした中古だが、サンタナを弾けばサンタナの音が出る。アコースティック回帰の時代でも、エフェクターとアンプで作り出すエロティックなバイブレーションは、精神よりも感情を揺さぶる。スピリチュアルなんか、くそ食らえ。ステージの高い、浄化された魂がなんだってんだ。欲しいものが手に入らなくて、イライラ、イジイジ。そんな低レベルの苦悩にもだえたいのよ。臆面《おくめん》もなく身をよじって、涙にくれたいのよ。言葉にできないエクスタシーに溺れたいのよ。

気持ちよく開き直った頃に、三曲目。サンタナ・コピーバンドの持ち時間は、これが最後だ。お馴染《なじ》みのイントロに、歓声は一段と高まった。

『ブラック・マジック・ウーマン』。

黒魔術の女を手に入れた。黒魔術の女を。その部分でケースケが身体をひねり、ポール・リード・スミスの表面にライトを反射させた。光が早紀子の顔に当たる。

俺に背中を向けるなよ、ベイビー。背中を向けるんじゃないぜ。

ケースケはニヤリと笑った。わざとらしい嬉しがらせだが、他の客は気付かない。早紀子は片手で光を遮りながら、口の中で呟《つぶや》いた。

バカ！

最後までいようと思っていた早紀子だが、十二時前にケースケに呼び出された。メールには

「腹減ったから、飯食おう」とある。スタッフ通用口に回ると、ギターケースを背中にしょったケースケが待っていた。

「よかったよ」

なにはともあれ、早紀子はそう言った。演奏をほめたのは、久しぶりだ。もしかしたら、出会った頃以来かもしれない。

「ま、いつもの出来ってとこだけどね」

ケースケはむしろ、普通の表情だ。

「じゃ、行くか」

先に立って、歩き出す。早紀子は横に並びかけながら、「何、食べる？」と問いかけた。

「うーんとね、あれ」

ケースケが指さしたのは、十字路の脇に店を出したたこ焼きの屋台だった。缶ビールも売っている。

一つの紙箱に大ぶりのたこ焼きが八つ。それを二つと缶ビール二本。その代金は、ケースケが払った。今夜のギャラが入った封筒から千円札二枚を引き出し、おつりの小銭を早紀子に「はい」と手渡した。

「ありがと」

半分戸惑いながら言うと、ニンマリ笑った。

「いいって。そのうち、俺が食わしてやるって言ったろ」

食わしてやるって、これかよ。苦笑しながら頬張ったたこ焼きは、舌を焼くほど熱々だった。吐き出すのももったいなくて、頬をふくらませて目を白黒させる早紀子の口元に、ケースケが冷たい缶ビールをあてがって飲ませた。

それからは用心して、爪楊枝《つまようじ》で半分に割ってから食べることにした。屋台が用意したガタつく丸椅子に並んで腰掛け、たこ焼きを食べる。そのしょぼさも、今夜は許せる。

「あのさ」

しばらく無言で食べるのに集中していたケースケが、口を切った。

「今夜のおっさんたちが話してたんだけどね。サンタナのコピーバンドで海外遠征もするんだって。ハワイやオーストラリアの野外イベントで、クラシック・ロックやるとウケるから」

「ふーん。てことは、ハワイに行くようになるかもしれないんだ」

軽く答えながら、早紀子の頭は費用を計算していた。その次に来るのは、費用を出してといういうおねだりに違いない。ハワイくらいなら、出してやれるかも。ああ、でも、やっぱ、もったいないな。せめて、自分の分だけは出してくれるといいんだけど。

グルグル考えながら身構えをこしらえているのに、ケースケは違うことを言った。

「おっさんたち、公務員やら商店主やら、仕事持ってるんだけどさ。心はロックに捧げてるんだって。仕事はストレスだらけだけど、音楽やる時間があれば、あれは生活の手段だと割り切れるからいいって」

「……ふーん」

「俺も、それでいこうかな」

早紀子は食べる手を止めて、まじまじとケースケの横顔を見た。ケースケは黙々とたこ焼きを食べている。

「ケースケも、少しは現実的にものを考えるようになったのね」

皮肉ってやると、ケースケは軽い真面目さで頷いた。

「そりゃね。来年は大学卒業しなきゃ、だし」

「人並みに、就職を考え出したとか？」

からかう調子で言ってみたが、心に寒気が走った。

親に約束したから卒業だけはすると言う、実は親孝行のケースケだ。まともな社会人になると決めたら、親元に帰るだろう。

「ロックミュージシャンでプロデビューするんじゃなかったの？」

「サキちゃん、俺にはそんなこと無理だって、いつも言ってるじゃない」

「そうだけど」

こうもあっさり社会化されると、残念な気がする。バカがバカでなくなるのって、こんなに寂しいことだったのか。

確かに、小さくまとまった生き方をするのが一番利口だと思っている。たとえば、自分のように。でも、ケースケがそうなるのは……。

「サンタナ弾くのは、すっごく気持ちいいんだ。だから、今夜のおっさんたちみたいに趣味でやっていってもいいなっていう思いと、おっさんたちはあきらめちゃってる、ああはなりたくないってのが両方あってさ。正直、わかんなくなった。この先、どうすっかなあ、俺」

ケースケは最後のたこ焼きを頬張り、天を仰いだ。

もうちょっと、バカを続けてみれば？

早紀子はその言葉を、気の抜けたビールと共に呑み込んだ。

二人でぶらぶら帰り道を行く。

「すぐ帰る？」

ケースケが訊く。ラブホに流れるか、それとも、ケースケのわびしいワンルームマンションか。

「あんたんちに寄ってく」

「ん」

並んで歩くと、肩がぶつかる。最初は偶然だったが、次第にわざとぶつけ合って歩いた。

「わたし、社宅出て、部屋、借りるわ」

早紀子が言うと、ケースケは「そう」とだけ答えた。それ以上、何も言わなかった。

十も下の男と付き合うきつさのトップは、必要以上に年齢を意識させられることだ。今はよくても、早紀子が四十のとき、ケースケは三十。五十になれば、彼は四十。そして、彼が五十のとき、早紀子は六十。わ、想像するだけで、コワい。

一人暮らしを始めれば、ケースケはなしくずしに入り込んでくる。そして、早紀子は彼を食わしてやることになるだろう。でも、それは永遠に続くことではない。いつか、彼のほうから去っていく。

だったら、と、早紀子は開き直った。

黒魔術が効いている間は、楽しもうじゃないか。生きていくことは、仕事じゃない。「無駄なく効率よく」をモットーに、具体的な成果を求めて進むだけなんて、窮屈で、退屈で、さもしくて、えーと、そうだ、ロックじゃないわ！

早紀子は夜空を見上げながら、口ずさんだ。

「Got your spell on me, baby」

俺に魔法をかけるがいい、ベイビー、俺に魔法をかけてくれ。

ケースケが横で、あとを続けた。

「I need you so bad, magic woman」

どうしようもなく、首ったけ。黒魔術の女よ。おまえを一人にしておけないぜ。

夢路はどこにあるの

夢路よりかえりて　星の光仰げや
さわがしき真昼の　業《わざ》も今は終わりぬ

「あらあ、今、これ練習してるの。わたしたちと同じね。フォスターでも、『オールド・ブラック・ジョー』は男声合唱向きだけど、これは断然、女声合唱じゃないとね」

ダイニングテーブルの上に広げた譜面を肩越しにのぞき込んだ母が、嬉しそうに言った。

母の朗らかな話し声が、上野詩音《うえのしおん》は大嫌いだ。

ママさんコーラスで鍛えたソプラノボイスが、喜びを表現するときはさらに半音上がる。顔も、そうだ。よく言えば、表情たっぷり。だが、詩音にはわざとらしく気取り倒した作りものにしか見えない。

趣味は、コーラスとキルト作り。なかでも、ママさんコーラス活動は月に二回の練習も二カ月に一度の施設訪問も皆勤賞の熱中ぶりで、「お年寄りの笑顔に、こちらが元気をいただけるんです」な日々を送っている。

中学生まではなんとも思っていなかった、こんな「文化的母親」ぶりが、高校生になると鼻につくようになった。最近では、母親の何もかもがイヤだ。

詩音という名前は、母がつけた。

少女時代から垢《あか》抜けない自分の名前を呪《のろ》っていた母、照美《てるみ》は、詩音なる別名を発明し、雑誌に投稿するときのペンネーム（！）にしていた。そして、いずれ娘ができたら、この大事な名前を譲り渡そうと決めていたのだ。

詩と音だよ。ポエムとノート。ウゲ。こういうのを少女趣味というのだろうが、ただいま十七歳の平成リアル少女には、乙女度百パーセントの発想が、ひたすら気持ち悪い。

「アニメの美少女キャラみたいで、いいじゃん」と友達は言ってくれるが、十人並みの容貌《ようぼう》で美少女の名前を背負わされる者の身になってもらいたい。

詩音は、男二人が続いたあとに、母が三十五歳で生んだ待望の娘だ。家計の事情を鑑《かんが》みて、以後は避妊に努めたから、一人娘でもある。そのため、母の詩音教育にかける意気込みは、兄二人とは明らかに違った。

まず、幼稚園のときからピアノとバレエの教室に通わされた。どちらも、母親にほめられたくて、子供なりに一生懸命やったものの、全然楽しくなかった。いやいや続けていたのだが、小学校に上がるとすぐにキリスト教系名門女子校に入るための塾通いが始まったので、習い事は免除された。

勉強に集中するためというより、塾と教室両方の月謝を賄う経済的余裕がなかったからだ。

父は通信機器の販売会社で働くサラリーマンで、三人の子供たちの進学費用と住宅ローンで青息吐息。とてもじゃないが、優雅に習い事などさせていられない。それでなくても父は、発表会があるごとに服を新調するなどで余計な金がかかるのをよく思っていなかった。

詩音は幼心に、両親の激しい喧嘩《けんか》を覚えている。詩音に練習させるため、母が勝手にピアノを購入したときのことだ。もちろんローンだが、父には無断だった。父が怒り、母がわめき、それを目にして動揺した五歳の詩音がおしっこを漏らしながら大泣きして、結局、ピアノは蓋も開けられないまま、翌日販売店に返却された。

しばらくすると、母は涙を拭い「そうよ。歌があるわ」と、それこそ歌うように高らかに言った。

「ピアノがなくても、歌える。ママもそうだった。歌があれば、音楽と共に生きていけるわ。うちは貧乏でピアノが買えないけど、わたしたちは負けずに歌を歌って生きていきましょうね」

入学前の幼子にとって、母親はすべてである。詩音は頷《うなず》き、母が熱烈に抱きしめてくるのが嬉しくて、その首に両手を回したものだ。

つい五年前までの母は、家事と育児とパートで忙しく、鼻歌を歌うか、ときおりパート仲間とカラオケに行く程度だった。だが、詩音が志望校（母の志望だが）に入学し、ほっと一息ついたのを機にママさんコーラスに参加した。中高を合唱部で過ごした母にとっては、昔取った杵柄《きねづか》である。

「詩音が頑張ったから、ママも頑張らなきゃと思ったのよ」と誇らしげに言う母に、中学生になったばかりの詩音は「うん。頑張ってね」と答えた。そのときは、素直にそう言えた。

母の実家は魚屋で、五人のきょうだいはみんな地区の公立に入学した。選択の余地はなかった。

公立の制服は野暮《やぼ》ったいジャンパースカートにボックスコートだ。母は、白いブラウスの襟元にネイビーブルーのリボンをあしらい、紺のフレアースカートにエンブレム付きブレザーという私立女子校の制服に切なく憧れた。バス停で見かけるその女子校の生徒が手首を返して、ブレスレットタイプの腕時計で時刻を確かめる様子が美しく思えて、よく真似をしたそうだ。

だが、母の腕時計は兄のお古で、バンドだけ替えた大ぶりのものだった。あるとき、真似をして手首を返して時計を見た瞬間、くだんの女子高生と目が合った、ような気がした。彼女は猿真似する母を嘲笑《あざわら》った、ように見えた。

形を真似しても、同じには決してならない。その屈辱は、母の胸に深く刻み込まれた。

今、詩音の腕には無論、シルバーのブレスレットタイプの腕時計がある。だが、それは母に見えている範囲でのことで、家を離れると即座にGショックに替える。兄のお古というところが母と同じだが、詩音は自分の意思でそうしているのだ。

下校と同時に、制服にも手を加える。スカートのウエストを折り込んで、丈をうんと短くする。白いソックスを、紺のワンポイント付きハイソックスにはき替える。襟のリボンをほどき、ブラウスのボタンを二つはずして、ちょっとだけ胸元をくつろげる。カーディガンは学校指定のものだが、あえてLサイズを購入し、ブカリと着こなす。こうすると痩せて見えるし、袖を手が隠れるくらい引っ張ることもできる。「ゆるかわ」が「セクシー」につながることを、十七歳はしっかり意識しているのだ。

規則通りの三つ編みをほどき、エクステをつける。唇にはピンクのリップグロス。ストーンがキラキラするシールネイルも必須アイテムだ。この放課後モードに着崩したところで、ストーンちゃなテディベアや恋が叶《かな》うというパワーストーンのチャームが揺れるサブバッグを肩にひっかけ、クラスメイト数人横並びのぶらぶら歩きで街中に繰り出す。

カフェに腰を据え、キャラメルマキアートをチューチュー吸いながら、友達のスマホをのぞき込んで（詩音の携帯は家族割引で買ったもので、ＧＰＳ機能付きのうえ、利用料をチェックされる管理物件なので、遊びに使えない）騒ぐのが、女子高生のお付き合いタイムだ。

エクステやシールネイルなどは、帰りのバス内ではずしてナプキン用ポーチにしのばせる。ここなら、母が中身を点検する心配がない。

そうやって、こっそりとでも自分を取り戻したい。母の分身の役割を押しつけられるのは、もう、たくさんだ。

部活を合唱部にしたのも、中学入学と同時に母に仕向けられたことだ。自分の経験から、合唱部に所属すれば不良にならないと、母は信じているのだ。

「それに、ここの合唱部は全国大会に出たこともある名門なのよ。詩音は歌うのが好きでしょう？」と言われ、素直に頷いた入学当時が嘘のように、母への反発心日々新たな詩音だが、部活は続けている。

部活そのものがウザいのだが、何かに所属することと校則で決められている。他にやりたい活動が見つからないし、ま、いいか。

というのは自分へのポーズで、歌うこと自体は嫌いではない（嫌いな人がいるだろうか？）から、練習はサボらない。

合唱コンクールの課題曲である現代歌曲はつまらないが、フォスターやシューベルト、滝廉太郎、それから叙情歌といわれる昔からの唱歌などの定番ものは好きだ。キリスト教系だけに数多く歌う賛美歌も、名曲揃い。ことにクリスマスキャロルは崇高で、歌うだけで心が洗われるような気がする。

クリスマスシーズンは、合唱部のかき入れ時だ。毎年、地区の教会でのヘンデル『メサイア』、そして市民参加のベートーベン第九『歓喜の歌』公演に出演するのが定例行事で、これらの練習は夏休みから始まる。

毎年同じなので練習は飽きがちだが、本番で伴奏付き観客付きで全曲通すと、本当に気分が高揚する。そういう風にできているところがすごい。ベートーベンもヘンデルも、えらい！

だが、この感慨は口に出せない。仕方なくやっている風を装ってしまう。

素直になれないのは、いい子をやりすぎた反動だと、十七歳は感じている。母の夢を代行させられたおかげで、自分の夢が見えない。

高校二年は、進路を決める時期だ。

三者面談の日程が近づいたとき、母が「詩音がやりたいなら、音大に進んでもいいのよ。そのためなら、お母さん頑張って、もっと働くから」と言った。

いきなり、音大かよ。もっと普通の選択肢を思い浮かべろよな。

なぜか、母への脳内文句は男言葉になる。だが、口はこう言う。

「音大なんか無理。ピアノ弾けないのに」

「ピアノのお稽古《けいこ》、続けてればよかったわねえ」

母は口惜しがった。お稽古に行くのがイヤで、いつもムッツリしてたのに。娘の何を見てるわけ？

「そもそも、わたし、音楽の勉強なんかしたくないから」

きっぱり決めてやったが、母はガッカリした様子もなく、すらっと問いかけた。

「じゃあ、何をしたいの？」

その声音は、あくまで明るい。問い詰めるのでも責めるのでもなく、本当に希望を聞きたいという口ぶりだ。

「……とくにないけど」

ぶすっと答えたが、母の明朗さはびくともしない。

「夢はあるでしょう？　夢でいいのよ。実現できるかどうかなんて、今考える必要ない。ママは詩音に、なんとなく生きてほしくないのよ。道が遠く思えても、夢に向かって進んでほしいの」

ウエッ、吐きそう。

そう思うのだが、口に出せない。

「だから、夢って、別にないよ。なくても、生きていけるし」

仏頂面で言い返してやるのが、ちょっと気持ちいい。母の期待を裏切って、ヘコませてやりたいのだ。しかし、母はしぶとい。

「合唱部の練習は、熱心にやってるじゃないの。詩音は真面目で一生懸命で、頑張れる子なのに、難しく考えすぎなんじゃない？　確かにずっと不景気で、夢を持ちにくい世の中だけど、その若さでそんな風に醒《さ》めてるのって、もったいないわよ。ママ、歯がゆいわ」

だから、そこで「ママ」の感情を持ち出さないでよ。自分がどうしたいのか、ますますわからなくなるじゃない。

そう言いたいのだが、我慢してしまう。母が激高してわめき出すのが怖いからだ。

反発したら、母はブチ切れる。きっと、そうだ。絶対、そうだ。今までだって、そうだった。

母は自分の思い通りにならないことがあると、ものすごく不機嫌になる。

ムスッと押し黙り部屋にこもるのが、詩音にできる精一杯の抵抗だ。弱虫の自分が情けない。

自分の部屋があって、よかった。兄二人は一つの部屋に押し込められたが、詩音は女の子だからと最初から個室を与えられた。特別扱いで兄たちに悪いとか、親に感謝しなければ、とかは思ったことがない。

一人になれる場所がなければ、息が詰まってしまう。母親が干渉過多とくれば、なおさらだ。


合唱部をサボらないのは、友達がいるからだ。

音楽好きで先生や親のウケがいい優等生タイプの集まりのように思われがちだが、そうでもない。歌うときはソプラノなのに、話し声は低いうえに言葉遣いが荒っぽい豪快な子や、賛美歌を皮肉な文句の替え歌にする不届き者がいる。それを見とがめ、「やめなさいよ！」と眉を吊り上げる嫌みな堅物は、いない。

優等生の振る舞いは、嘲笑《ちようしよう》の的。なぜか、そうなっている。小学校までは、優等生は憧れの対象であり、クラスの王様ないし女王様だった。だが、中学生以降、年齢が一つ増えるごとに、ワルっぽいほうがカッコよく見えてくる。

詩音が一目置く親友も、合唱部にいる。瀬川弓《せがわゆみ》という名前で、高校一年の秋からの転校生だ。合唱部の新入りとしてやってきてすぐ、初見でアルトパートを歌いこなした。

同じクラスで合唱部員は詩音と弓だけだったので自然に行動を共にするようになり、親しくなった。

弓は、大学生のバンドでサイドボーカルを担当していた。どんな歌でも即座にコーラスをつけられるので重宝がられ、いくつかのバンドをかけ持ちしているという。

詩音は、学祭やライブハウスに足を運び、濃いメイクと派手な衣装で元気よく歌いまくる弓のパフォーマンスを、激しい羨望《せんぼう》にかられながら見た。

バンド用のコスチュームは、弓の自作だ。着古したTシャツにボタンやビーズやチェーンを縫い付けたり、バリ土産のバティックをベアトップドレスに仕立てたり、スポーツブラに革のフリンジをつけ、その上におばあちゃんの古い羽織りを重ねるなど、ありものに手を加えて工夫する。歌うことより、そちらのほうが楽しくなってきたので、ステージ衣装作りを仕事にしたいと思っているそうだ。

あれだけ音感がいいのに、音楽で身を立てようと思っていないなんて、贅沢の極みだ。けれど、衣装作りのセンスがあるから、そっちに進むというのも説得力がある。

一人の人間に複数の才能が備わっているなんて、神様は不公平だ。

「弓はいいなあ。才能があって、将来も見えてて」

詩音は、心から言った。大学生のバンド仲間と付き合っている弓は、詩音が欲しいものを全部持っている。

「うん。自分でもラッキーだと思うよ。バンドやるのも、兄貴が先にやってて、家で練習するのに遊びで参加したのがきっかけだしね。そこから、自然に流れができた感じ」

「家で練習か。親は、なんにも言わないの？」

「うち、お父さんが学生時代からバンドやってて、今も趣味で続けてるの。だから、家の中に楽器があるのが当たり前で、お母さんに言わせればお腹の中にいる頃から音楽漬けだったたって。

こういう衣装作りも、協力してくれるよ。コートやジャケット買うと、予備のボタンがついてくるじゃない。それを集めててくれたりね」

「ふーん。いいなあ。うちとは大違い」

「詩音のお母さんだって、いい人じゃない」

弓は一度、家に遊びに来たことがある。外面《そとづら》のいい母は最上級の笑顔で迎え、デパ地下で一番人気のロールケーキを振る舞った。そして、聞かれもしないのに「おばさんも、ママさんコーラスやってるのよ」と自己宣伝した。若やいだ調子で娘たちの間に割り込もうとする母が、詩音は恥ずかしくてたまらなかった。

「ロックバンドなんか、落ちこぼれの集まりだと思ってるんだよ。この間も、友達のライブに行こうとしたら、すっごい怒って、連れ戻された」

詩音は、ついこの間の出来事を弓に話した。

顔馴染《かおなじ》みになったストリート・ミュージシャンがちゃんとしたクラブに出るというので、花束を持って激励に出かけた。友達としての普通の行動だが、出入り口で母につかまり、演奏を聞くどころか、花のプレゼントもできなかった。

「それはひどいねえ」

弓は同情してくれた。詩音は、クラブ行きが親に内緒の行動だったことはおくびにも出さず、母の蛮行だけを訴えた。

「ちょっとエクステつけたりしてただけなのに、そんな格好してるとそのうち堕落して、卒業前に妊娠するところまで落ちるって、そこまで言うんだよ」

正確には、家に帰ってからギャンギャン説教した中に、「まさか、他にも親に言えないようなこと、してないでしょうね」なる文句があっただけだ。

親に言えないようなこと。それが何を意味するのか、わかる。だが、持って回った物言いが、詩音の神経を逆撫《さかな》でした。

「たとえば、なに。妊娠とか？」と、わざと言い返してやった。母は喉元《のどもと》に手を当て、「――そんなこと、言ってないでしょう」と、アタフタした。

言ってるじゃない。なにさ、きれいごとばっかりの偽善者。

思い出すと、怒りが倍増してぶり返す。詩音は鼻から荒い息を噴き出して、弓に訴えた。

「泣き出して、父親にチクってさ。そしたら、父親のほうは、まあまあ、いいじゃないかって感じだったから、あなたはこの子が心配じゃないんですかって、逆ギレ。もう、ヤだった」

「うちだって、夫婦喧嘩も親子喧嘩もするよ。そんなの、普通だよ」

弓は大人っぽく、余裕を見せる。そりゃ、親が違うもの。わたしの気持ちは、わからない。

羨《うらや》ましすぎて、弓が憎らしくなってきた。

詩音がイヤなのは、この喧嘩以来、母が妙にすり寄ってくることだ。

「この間は頭ごなしに怒って、悪かったと思ってる。でも、詩音のことが心配なのよ。それはわかってちょうだい。ああいう音楽が好きで聴きに行きたいなら、最初からそう言ってくれればよかったのよ。嘘つかれたのが、悲しいの。あれもダメこれもダメって、何もかも禁止する頭の固い親じゃないつもりよ。ロックだって、嫌いじゃないもの。お母さん、ワムのファンだったんだから」

ワム。なに、それ。

「お化粧もおしゃれも、したい気持ちはわかる。でもね、素顔がきれいな時期は短いのよ。短い少女時代は、少女らしく過ごしてほしいの」

お母さんのイメージする「少女」なんて、まっぴら。詩音はそう言いたかった。だが、口には出さず、しかめた顔で反発を示した。

クラブ連れ帰り事件から、一週間。何かというと機嫌をとるように高調子で詩音に関わろうとする母に、無視の態度を続けている。無視は、いじめの常套《じょうとう》手段。詩音は、母をいじめたいのだ。

だって、お母さんが悪いんだもん。わたしに夢がないのも、お母さんのせいなんだからね。

夢がない。そんな自分が恥ずかしい。将来の自分をイメージできない。やりたいことがないなんて、寂しすぎる。母に言われなくても、自分で自分が歯がゆいのだ。

ストリート・ミュージシャンの追っかけにしても、「ああいう音楽が好き」だからではない。単なる暇つぶしだ。それに加えて、同類の中にいる安心感もある。

ストリートをステージに見立てて歌ったり、音楽を奏でたりする連中は、幸せそうだ。そして、それを見ているだけの女の子たちは、他にすることがないから、そこにいるのだ。

下手くそでも、聞く者が誰もいなくても、世界に向かって大声で歌う。それができる者とできない者の間には、大きな差がある。

彼らには、自信がある。

「夢に向かっている」「だから、こうしている」、そんな自分が好きという自信が。

客にしかなれない人間は、最初から負けている。詩音は、そう思う。

夢に向かって生きてほしい。そう願われることの苦しさを、母は知らないのだ。自分の娘なのに、知らない。わかってない。

詩音は、母を憎んでいる。夢を持てないことを許さない母が、そのせいで自分を劣等感の塊にしている母が、憎い。


三者面談が近いので、母が盛り上がっている。

詩音が通う女子校には大学もあるのだが、女子大人気の凋落《ちょうらく》は著《いちじる》しく、今では外部の大学を受験する生徒のほうが多い。女子大の中には共学に衣替えしたところもあるが、校名に「女子」が入っているせいか、ここは何も変わらず、生徒の流出を手をこまねいて見ているだけだ。

最初は、当然系列の大学に進むものと思い込んでいた母も、詩音の共学への受験希望を知ると、あっさり折れた。それればかりか、「受験せずにすむのは楽でいいと思ってたけど、何事もチャレンジするのが若さの特権だものね。ママ、応援するわ」と、目を輝かせた。そして、あっという間に志望校選びに首を突っ込んで、もう夢中だ。

年頃の娘との対話を苦手としているらしき父は、「詩音の好きにしたらいい」と、この件には不干渉を決め込んでいる。どうか、母にも父のこの態度を見習ってほしい。

「最近の大学って、どこもキャリア支援が売りなのねえ。一年のときから、どんな可能性があるのか、どんな人生を送りたいのか、学生と話し合うんですって。そうよねえ。自分に何が向いてるか、やってみないとわからないものねえ。詩音には、こういう大学が向いてるかもしれないわ。あ、こっちの大学はオーストラリアの姉妹校に一年間留学する制度があるわ。ホームステイして、英語で勉強かあ。いいなあ。そしたら、海外に家族ができるようなものだものねえ。夢が広がるわねえ」

だから、わたしは別に、夢を広げたいなんて思ってないんだってば。

口に出してそう言えない詩音は、母の言葉に反応しないことで無関心を示す。だが、母は気にもかけない。

「産学協同システムが整っててインターンシップ制度があるっていうのも、面白そうね。迷うなあ」と、首をひねる。

あのねえ。受験するのは、わたしなんですけど。

ま、そのわたしがどうしたいのか、決めてないのがいけないんだけどね。だって、はっきり言って、どうでもいいんだもの。

大学には行きたい。だが、それは女子大生というものになりたいからだ。

女子大生といえば、合コンだ。それから、おしゃれなカフェかセレクトショップでのバイト。海外でのボランティア活動なんかもいいな。

とにかく、今より自由になれる。義務より権利を主張できる。ライブハウスの入り口から力ずくで連れ戻されるような羽目にはならない。

詩音にとって、大学に行くことのメリットはそのくらいだ。だから、受験はするが志望校は今の自分の学力で合格できるのが条件。

入れるところに行く。それだけよ。だって、わたしはその程度の人間だもの。

才能ないし、夢もない。普通に生きていければいいと思ってる。それのどこが悪いの。

と、最近は開き直っている。親友の弓が、「その考え方、悪くないよ。逆に、ヘンに気張ってなくてカッコいいよ」と言ったからだ。

ステージ衣装のデザイナーを志す弓は、芸術学部がある首都圏の大学を目指して勉強中だ。滑り止めに、芸術学部を新設した地元の大学も受験するという。

方針がはっきりしているのを羨む詩音に、弓は「でも、わたしは結婚して、いい奥さん、いいお母さんになるのが一番生産的で、世の中の役に立つと思う」と、あっさり言った。

クラスでも、主婦願望派がほとんどだ。夢だ目標だとガツガツしていない。うちらの世代ってそうなんだよね、わたしだけじゃないよと、詩音は思うのだ。

で、志望校なのだが、共学で、人に名前を告げたとき「ふーん、あそこかあ」と見下されることのない、そこそこ「いい大学」という、将来性より見栄張り心で第一候補に考えていた大学に、母が「ママは、ここがいいと思う」と二重丸をつけた。

母と娘の志望が一致した。そうと知ったら、母はどんなに浮かれるだろう。うっかり合格なんかした日には、母の志望校に入学して母の夢を代行する今と同じことの繰り返しになってしまう。

それだけは避けたい。じゃあ、志望校を変えるか？「母の志望校」は受けないと決めるか？それでいいのか？


ジレンマに悩みつつ、部活を終えてノロノロ歩く夕まぐれ、目に留まった立体駐車場の自販機で缶コーヒーを買おうと立ち止まった。

肩から提げたサブバッグの底から財布を引っ張り出した拍子に、楽譜が一緒に飛び出して、駐車場のおじさんの足元に舞い落ちた。

おじさんは楽譜を拾い、手で塵《ちり》を払った。

「『夢路より』か」

そう呟《つぶや》いて、差し出してくれた。

「ありがとうございます」

ぺこんと頭を下げて受け取ったとき、おじさんが言った。

「それ、悲しい歌だよね」

思わず、おじさんの顔をまじまじと見た。『夢路より』が悲しい歌だなんて、あり得る？

「そうなんですか？」
「うん。フォスターが、酒浸りで家族に去られて貧困の中で孤独死する寸前に作られた、最後の作品といわれてるんだよ。だから、きれいだけど、どこか悲しい調べだろ」

ハゲで、ぴらぴらしたナイロンジャケットを着たおじさんの口から「悲しい調べ」なんて言葉が出てくると、ギャップが大きすぎて茫然《ぼうぜん》としてしまう。ポカンとする詩音に、おじさんはおおいに照れて「引き留めちゃって、すまなかったね」と謝った。それから、詩音の背後から駐車券を手にやってきた客に、やたら愛想よく挨拶した。

これが悲しい歌。缶コーヒーを歩き飲みしつつ、詩音は改《あらた》めて歌詞を見てみた。

夢見るは我が君　聴かずや我が調べを
生活《なりわい》の憂いは　跡もなく消えゆけば
夢路よりかえりこよ

なるほど。「生活の憂い」というのは、貧乏で生活が苦しいということなのね。けど、我が調べを聴けば、それを忘れる。だから、夢路よりかえってこいと、家を出た奥さんに呼びかけてるのかしら？

歌詞の内容なんか、考えたこともなかった。合唱部の顧問教師が説明したのは、現代語に訳したらこうなるということだけで、全然ぴんとこなかった。

フォスターが貧乏で酒浸りで孤独死した？

やー、それは意外だな。『おおスザンナ』とか『草競馬』とか『峠の我が家』とか、ほのぼの、しみじみした歌ばっかりだから、てっきり明るくていい人で、みんなに愛されて幸せに暮らしたと思ってた。

帰って、早速ネットで検索してみた。すると、いい家のお坊ちゃんで十代で作曲を始め、二十二歳のときに発表した『おおスザンナ』が大ヒット。あっという間に人気作曲家になったということがわかった。

けれど、当時は版権がなく、最初の作曲料しかもらえなかった。儲《もう》けたのは楽譜を販売する版元だけ。フォスターの生活を支えたのは、父親と兄がやっていた事業だった。だから、親と兄が死んでしまうと、フォスターは一気に貧乏になった。それで結局、妻に去られ、ニューヨークのアパートで酒浸りの一人暮らし。挙げ句、酔っぱらって転んだのがもとで、三十七歳で死んでしまった。

死に方がマヌケだなあ。落ちぶれて、ヤケになってたんだろうね。家に財産があったから、貯金しなくちゃとか、ヒットメーカーなんだからもっと作曲料をふっかけようとか、そういう発想がなかったんだ。お坊ちゃまの悲劇。

作曲の才能はあったけど、逆に言えば、作曲の才能しかないダメ男だったんだ。だから、奥さんにも見捨てられた。

そっか。才能があれば幸せってわけでもないんだね。才能がないから、普通に働いて普通の暮らしをしていこうと地味に決意するほうが、結局は勝ち組になるのかも。ウサギとカメみたいに。

その夜、志望校に関する母の口出しについに抵抗することができたのは、フォスターのおかげかもしれない。

父は出張で不在。二人だけの夕食を妙に緊張した空気で終えたあとだった。さっさと自室にこもろうと立ち上がった詩音を、母が呼び止めた。そして、母の志望校を再度プッシュした。

「詩音の学力なら、ちょっと頑張れば届く範囲じゃない。どうして受けないのか、ママには理由がわからない」

「……なんで、ママがわからないことをしちゃ、いけないの」

低い声で、そう言っていた。

「え？」

「そ、そんな風に、ママが出しゃばってくるのがイヤなんだ」

「…………！」

母は明らかにショックを受けたようだ。口をポカンと開け、目尻を吊り上げた。言葉で先んじられないよう、詩音は必死であとを続けた。

「フ、フ、フォスターなんか、夢を叶えて、才能を活《い》かして作曲家になって成功したのに、最後は落ちぶれて、ひとりぼっちで孤独死したんだよ。だから、夢や才能があるからって、幸せな人生が送れるとは限らないんだ。わたしは将来、結婚して子供産んで、家族仲良く暮らしたい。そのくらいしか考えてないけど、それでいいと思ってる。それなのに、夢とか可能性とか横からせっつかれると、すっごくイライラする。イヤだ、こんなの」

最後のほうは酸欠気味になって、声がひっくり返った。喉がヒリヒリする。座り込んで軽く咳《せ》き込む目の前に、母が水の入ったコップを差し出したので、口惜しかったが飲んで喉を湿らせた。

「そっか」と言ったのは、母である。そして、詩音の横に椅子を引っ張ってきて、どっかと座った。ダイニングテーブルに肘《ひじ》をつき、合わせた両手に顎をのせるという、やれやれな姿勢で遠くを見る。

「ママは、親に将来の希望を訊《き》いてもらえなかった。大学も、短大しか受けさせてもらえなかった。それがすごく不満だった。そりゃ、経済的に難しいのはわかるけど、ママが自分の人生にどんな夢を持っているかくらい、訊いてほしかった。でも、詩音は逆なのね」

ついで、大きなため息をついた。

「不思議なもんねえ。わたしのお腹から出てきたのに、わたしと全然違うなんて」

「当たり前じゃん。わたしはママのクローンじゃないんだから」

そうだ、そうだ。言ってやれ、わたし。

「そうねえ。だけど、ちょっとショック。ここまで違うなんて」

そこを納得してよ。詩音は今度は、心の中で言った。違うんだ、だから口出しはできないんだと悟って。と、母が頷いた。

「わかった」

心が読めるの!? ア然とする詩音には目を向けず、母はさばさばと続けた。

「そうよね。わたしも子離れしなくちゃ。よし。もう、何も言わない。志望校も詩音が決めた通りにしよう」

「……怒った？」

母はようやく、首を回して詩音を見た。目が笑っている。

「怒ってないわよ。ちょっと、ビックリしたけど。でも、詩音がしっかり自分の意見を言ってくれて、よかった。ママだって、子供に密着してスポイルする母親になりたくないもの。ママにはママの人生がある。それをしっかり生きなきゃ。そう思い直す、いい機会になったわ」

なんなの、この素早い立ち直り。

思い直したとか言ってるけど、中身的には何も変わってない感じ。わたしは子供に自分を押しつけないカッコいい母親なのよと、胸を張っているみたい。晴れ晴れとした笑顔だ。口惜しいなあ。


それから、詩音は放し飼い状態になった。何も言われない。そうなると、母に反発していたときの何倍も不安になった。

わたしにできることをして生きていく。と胸を張ってはみたが、でも、何ができるんだろう。

思いつかない。自信がないよ。結婚して子供産んで、幸せな家庭を作るなんて言ったけど、それが本当にしたいことなのかも、わからない。それなら、できるかなと思ってるだけ。そして、弓が「その生き方はカッコいい」と言ったから、それで自分もカッコよくなれるんだとほっとしただけ。

なんか、ヤだな。フラフラした、弱っちい、人を羨んでばかりの自分がイヤだ。母という「目に見える敵」が消えたせいで、足元がますますグラグラしてきた。目指すべき地点がまるでない将来に乗り出すのが、怖い。

合唱部の顧問をしている音楽教師は、三十代の女だ。ときどきジャージの上下にスニーカーで現れる。テコンドーに凝っていて、暇さえあればトレーニングをしているのだそうだ。

その彼女に、部活後にフォスターについて訊いてみると、彼女は「フォスターねえ」と鼻にしわを寄せた。

「荒《すさ》んだ晩年になった一因は、才能の枯渇にあるともいわれてるのよ。覚えやすいメロディーで、誰でも楽しく歌えたという点では評価してるよ。アメリカ歌曲の父といわれるのも、納得できる。けど、同じアメリカの作曲家でも、ガーシュインなんかと比べると圧倒的に、才能の器が小さいのよね」

まるで買ってないような口ぶりだ。

「実は、わたしはそれほど好きじゃないんだ」

「それなのに、なんで学祭の発表曲に選んだんですか？」

「聴衆に人気があるからよ。それに、『夢路より』は本当にいい曲だと思うしさ」

たかだか女子校の一教師のくせに、なにさ、えらそーに。

定年退職した前任の後を継ぎ、今年から合唱部の顧問になった彼女を詩音は好きではなかったが、この件で嫌い度がアップした。

逆に、「器が小さい」と悪口を言われたフォスターへの好感度がぐっと増した。

一世を風靡《ふうび》したが今は鳴かず飛ばずの作曲家とかプロデューサーなら、現代にだってざらにいる。フォスターは、そういう人だったんだ。無論、エバーグリーンの歌を作ったのだから、格が違うけど。でも、バッハとかベートーベンとかよりは、ずっと下にいるのよね。

若くして成功したのに落ちぶれたというところが、とくにいい。成功しっぱなしだととりつく島もないが、幸せが続かなかったと聞けば、親しみが湧《わ》く。

ああ、その時代に居合わせたら、手作りのスープかなんか持って、お見舞いに行くのに。

「フォスターさん、これ食べて、元気出して」とか言ってさ。

「いつもありがとう、シオン。感謝の印に、きみに捧げる歌を書いたよ。ほら」

彼がやせ細った手で見せてくれる楽譜には、こう書いてある。

Beautiful Dreamer――。

なーんてさ。こんな少女漫画みたいなこと想像したの、いつ以来だろう。詩音は一人で照れた。

三者面談を明日に控えた夜、母が詩音の部屋に着ていく服を見せに来た。当たり障《さわ》りのないスーツだ。

「別に、いいんじゃない？」

チラッと見ただけで適当に答えると、母は頷き、そのままストンとベッドに腰掛けた。そして、ちょっともじもじしながら、口を切った。

「フォスターのことなんだけど」

「……なに」

詩音は「勉強中。邪魔するな」ポーズで母に背中を向け、ぶすっと答えた。

「詩音に言われて、ママも初めて『夢路より』の原詩をちゃんと読んでみたの。あれは、ビューティフル・ドリーマーに呼びかけてるみたいだけど、ママはフォスターが、自分はビューティフル・ドリーマーでありたいと言っているような気がした。ビューティフル・ドリーマーの自分から、美しい歌が生まれる。だから、つらい人生でも、ビューティフル・ドリーマーである自分よ、戻ってこいってね」

それが言いたかったのか。ほんと、この人の夢崇拝は、最強だわ。詩音は鼻で嗤《わら》ってみた。

「でも、これを書いてまもなく、酔っぱらって転んで頭打って孤独死でしょ。それって、自殺みたいなもんじゃん」

「でもね。ヤケになったり自分を憐《あわ》れむだけの人の頭に、こんなきれいなメロディーが浮かぶわけない。フォスターは最後に、ビューティフル・ドリーマーに戻ったのよ。今度から、ママはこれを歌うたび、フォスターの姿を思い浮かべることにする。おんぼろアパートで、穴のあいたパジャマ着て、やせこけて、でも、自分の中から湧いてきたメロディーにうっとりと耳を傾けている顔を」

母に見えないように顔をそむけて、詩音は唇を噛んだ。母が描写したイメージが見えたからだ。口惜しいけれど、見えた。

母と娘だからかな。それとも、これが歌の力なのかな。

「なーんてね。しっつれいしました」

母は立ち上がり、軽く頭を下げてドアに向かった。

「……志望校さあ」

詩音は背中を向けたまま、母に言った。

「ママが言ってたところ、やっぱり受けるだけ受けてみる」

それが正しい。だって、それは詩音の志望校でもあるのだから。


ビューティフル・ドリーマーとは、夢を見ている美しい人ではなく、美しい夢を見ている人のこと。

夢路から現実に戻っておいでと誘っているのではなく、夢路に「帰りたいから、姿を現しておくれ」と呼びかけている。

原詩の訳として正しいかどうかはわからないが、詩音は母の解釈に二重丸をつける。

現実がどんなに惨めでつらくても、それを忘れさせる夢路。自分に力を与える、内なるパワースポット。

フォスターは、夢路を信じていた。だから、あんなきれいなメロディーが書けたんだ。ぼろぼろの死に方をしたけれど、本人は人が言うほど惨めじゃなかったんじゃないかな。酔っぱらって、鼻歌でこれを歌って踊ってるときに転んで、死んじゃった。

今、その姿が見えた。

頭から血を流して、「イテテ」なんて呻《うめ》きながら、フォスターは笑ってる。人生の最後に、一番いい歌が書けたぞ。百年後も千年後も、この地球の誰もが口ずさむ、人類の宝みたいな歌が書けたぞって、笑ってる。

ほら、百五十余年後の島国ニッポンで、ジャージを着た不細工な音楽教師が、けっこう気分よさそうに目を閉じて、指揮をしている。

日本語の歌詞だとこんな風だよ、フォスターさん。

悲しみはくもいに　跡もなく消えゆけば
夢路よりかえりこよ

でね、フォスターさん。ニッポンの冴えない十七歳は、この歌を歌いながら思っているよ。

夢がないことが恥ずかしくて情けなくて、だから夢なんかなくてもいいんだと、自分をごまかすしかなかった。けど、間違ってた。わたしはまだ、わたしの夢路を見つけてないだけなんだ。そう思えるようになった。

この先のどこかで、わたしもビューティフル・ドリーマーになりたい。なれますように。

素知らぬ顔でみんなと声を合わせながら、詩音は心の中で、自分だけの歌詞を歌う。

悲しみがくもいに、跡もなく消えゆくよ。

夢路にかえれたら。

夕星に歌う

自分は運のいい男だ。

楠本英智《くすもとひでとも》は来し方を振り返り、そう思っている。

齢《よわい》六十九にもなると、来し方も振り返り甲斐《かい》がある。というか、それくらいしか、することがない。平日の昼下がり、英智が勤務する立体駐車場はおおむね、暇だ。よって、詰所で思うさま、あれこれ思索にふける。これで金がもらえるのだから、まことにありがたい。

駐車場の係員は今や、アルバイトの口としては狭き門だそうだ。英智が勤務しているのは自動車メーカーの系列で、係員はほぼ全員が本社ＯＢだが、望めば誰でも働けるわけではない。四年前、英智が採用されたのも先輩の推薦があったからだ。本当に運がいい。

着任以来、何人かが辞めるのを見てきた。来なくなったと思ったら死んでいたという者が一人いたが、ほとんどが自分か家族の体調不良で退職を余儀なくされた。

辞めたくて辞めた例は、英智の知る限り、一つもない。シニア世代の男にとって仕事があるというのは、自尊心に関わる大問題だ。

アルバイトを辞めても、世間話をしに来るＯＢはわりに多い。時間を持て余すのだろう。自分もここを辞めたあと、なお元気なら、そうなる予感がある。

打ち込む趣味も、つるんで遊ぶ友もいない。英智のような会社人間は産業廃棄物だ。引退したら、つぶしがきかない。

英智たちより下のいわゆる団塊の世代は、定年後も趣味や社交に熱心だそうだ。会社より個人生活を大切にする傾向は、世代が下るほど強くなるらしい。産業廃棄物と化したじいさんたちの姿を見れば、ああはなりたくないと思うのが人情というものだろう。

風潮の変化もある。近頃は、酒を飲まず甘い物を好み、会社の飲み会は欠席しても同好の士とケーキを食べ歩く「甘味男子」なるものまで出現しているという。男たるものの条件をああだこうだ規定してきた価値観も、産業廃棄物として捨てられたようだ。

羨《うらや》ましい気もするが、その反面、不景気で就職難の昨今、若い男として生きるのはきついだろうとも思う。

自分たちのときは、景気は右肩上がり。エコノミック・アニマルと蔑《さげす》まれたかと思うと、『ジャパン・アズ・ナンバーワン』と持ち上げられるところまで昇りつめた。その後は転げ落ちる一方だが、それでも英智たちは残光の中にいた。六十五歳まで定年延長できたし、住宅ローンも無事に払い終えた。明日が見えない不安に脅かされることなく、ここまで来れた。

六十九歳の今、明日が見えない不安は当然、ある。だが、その不安のすぐ後ろにはゴールテープも見えている。

もう、そう長くはない。そう思うと、不安感が消えていく。こういうのを「あきらめがつく」というのだろうか。もっとも、生来、上昇志向なるものとは無縁の英智にとって、あきらめるなんぞ朝飯前ではあるのだが。

一日五時間勤務で週五日、月平均二十日間の就労で手取り九万円。英智は現役時代同様、そっくり妻に渡す。そして、月三万円の小遣いをもらう。家の財布は妻が握っており、実際のところ、どれだけの金があるのか、英智は知らない。それでいい。金のことは考えたくない。英智たち旧世代に属する男はみんな、妻の掌《て》の上で右往左往する孫悟空《そんごくう》だ。それでも、妻たちは「男尊女卑」だと夫を責める。

夫というものは、尽くしてもらうのが当然だと威張りかえっている。それがなんとも腹立たしいと、妻は言うのだ。それも、「わたしだけじゃない。みんな、そう言っている」そうだ。

英智は、威張ってなどいない。生まれつき気弱で、どうやったら威張れるのか、教えてほしいくらいだ。

英智は甘ったれだ。妻は、そうも言う。遠慮会釈なく夫の欠点を暴き立てて得々としているのだから、威張っているのは妻のほうだ。英智は妻に攻撃されると、いつも黙ってうなだれる。この恐縮ぶりを評価してもらえないものか。

いやいや、熟年離婚も言い渡されず、ちゃんと小遣いをもらい、洗濯も食事の支度も（食事は買ってきた総菜が増えているが）してくれているのだから、それだけで満足しなければ。世間には、放置と無視という形で虐待されている古亭主がざらにいるのだ。

妻は六十五歳で、いよいよ元気だ。最近になってフラメンコを習い出した。フラダンスとか社交ダンスならまだしも、フラメンコである。その大胆さに、英智はめまいがする。

レオタードとヒラヒラした長いスカートと真っ赤な靴を詰め込んだ大きなバッグを提げて、週に一度、意気揚々と出かける。家でも、しばしば足を踏みならして稽古《けいこ》し、寝る前には毎晩ストレッチをする。それ以外にも、友人との会食だの韓国旅行だの、しょっちゅう出かけている。それでいながら、家に英智がいるのを不快がる。

「お父さんが目障《めざわ》り」と、嫁いだ娘に電話で愚痴っているのを耳にしたこともある。女というのは、なんと残酷な生き物であることか。

だが、まあ、自分の場合、邪険にされても仕方ない部分がおおいにある。浮気三昧《ざんまい》で苦しめた——などと言ってみたいものだが、そうではない。

同居していた母が認知症を発症したのは、英智が六十歳のときだ。会社の嘱託として六十五歳までの定年延長が決まり（これも、幸運の一つに数えられる）、夫婦で喜んでいた矢先だった。

母の介護を妻に任せて、英智は仕事に専念した。

だが、人にそう説明するのを聞いた妻が、烈火のごとく怒った。「任せた」どころではない。「押しつけた」のだと。

そのときも、英智は言い返さなかった。「すまない」とうなだれた。

「任せた」というのは、それだけ妻の力を信じ、頼りにしているという、いわばほめ言葉なのだが、会社用語に疎《うと》い妻にはわかってもらえない。

なにより、文句を言いながらも母の面倒を見てくれた妻には生涯、足を向けて寝られないと思っている。

認知症にかかった母は、怒りっぽく疑《うたぐ》り深く、人を罵倒《ばとう》するエネルギーに充ち満ちて、実に扱いづらかった。

妻は、母が粗相《そそう》をしたり徘徊《はいかい》して警察のお世話になったりするたびに、激しい言葉をぶつけた。

「おばあちゃん、こんなことしちゃ困るじゃないの！」

母も負けてはいない。

「おまえは誰だ。えらそうな口をきいて。英智を呼べ！」

女二人は毎日、口汚く罵《のの》り合った。そんな現場にはとてもじゃないが、いられない。口喧嘩《くちげんか》が始まると、英智は家から逃げ出した。

あれは本当に申し訳なかったと、反省している。だが、あのときはああするしかなかった。実際、こんなことが続くのなら死んだほうがましだと思いつめたこともあるのだ。死なない代わりに、ストレス性の蕁麻疹《じんましん》に襲われ、かゆみ止めの薬で胃を壊した。

だが、英智とて何の努力もしなかったわけではない。役所に何度も足を運び、恥も外聞もなく周囲に情報を聞き回って、母を預かってもらえる施設探しに奔走した。どこも順番待ちのありさまで、入所まで二年かかった。

預けてしまうと、母は英智のことも忘れた。自分が誰かもわからなくなって、さらに二年生きた。英智は週に一回見舞ったが、最後のほうの滞在時間は十分を切っていた。

母の息の根を止めたのは、インフルエンザだった。搬送された病院で死亡宣告を聞いたときは、ほっとした。

駐車場の同僚で、二親揃って九十を過ぎてなお健在という者がいるが、ご苦労なことだと思う。

父は母より十五年も先んじて、心筋梗塞《こうそく》であっけなくあの世に渡った。そのときは悲嘆に暮れたが、母の介護でしんどい思いをしたせいか、両親共に見送ると老後の負担が劇的に軽くなると感じている。今の自分は、すこぶる自由だ。

三人の子供も、それぞれ大過なくやっている。

衣料品メーカー勤務の長男は、生産工場管理のため、バングラデシュやミャンマーあたりを行ったり来たりしている。自慢の息子だ。

長女は孫の受験で神経質になっており、老いた両親への気遣いなど、どこを探してもなさそうだが、家庭を無事に維持運営しているのだから表彰ものだ。

そう思うのも、次男が二度も離婚しているからだ。職を転々としてなかなか腰が据わらないのが原因で、相手に逃げられてしまうのだ。

次男は今、タクシーの運転手をしている。妻がときおり小遣いを渡しているようだが、英智は黙認している。いい年をしてフラフラしているのが情けなく、心配でもあるが、本人は至ってのんきな様子で、人を殺したり自殺したりの暴走はしそうもない。今の世の中、それだけでもいいほうだ。

どこの家にも、一人くらいはうまくいかない子供がいるものだ。自分だけがダメな親なのではない。それがわかるのも、この年まで生きてきた功徳《くどく》だ。


午後五時になると、街中の至るところに仕込まれた拡声器からメロディーが響き渡る。防災無線のチェックなのだが、日常に溶け込むよう、のどかな曲が選ばれる。だから、ほとんどの人はこれを役所が流す時報と捉《とら》えている。

十二時から五時シフトの英智にとっては、仕事終了の合図だ。実際に聞こえているのは電子音の『あの町この町』だが、英智の脳内には違うメロディーが流れる。


オー、ドゥ、マイン、ホールダー、アーベント、シュターン……。


夕暮れにふさわしい、メランコリックな歌。それもドイツ語である。誰もいなければ口ずさむところだが、この時間帯は客が立て込むし、遅番の同僚との会話もあるから、そうもいかない。ただ、頭の中で歌う。

原語で歌えるからといって、ドイツ語に堪能《たんのう》なわけではない。ただ、カタカナで覚えたこの一曲を歌えるだけだ。

実は、定年後の趣味としてドイツ語を習いかけたことはある。だが、カルチャーセンターのドイツ語講座受講生はほとんど、哲学を専攻していたとか、ドイツに赴任していたとかのエリートで、卒業した大学名を聞いただけで恐れ入った英智は、三カ月通っただけでやめた。

英会話はまああいける、くらいのもので、学歴も実績もエリートとは言えない英智が、ドイツのデュッセルドルフに滞在できたのは、一九八〇年代末のバブル大儲《おおもう》けに浮かれた会社が海外投資に走ったおかげだ。一応、ヨーロッパにおける自動車市場の開拓調査という名目があったが、かの地に多い日本人ビジネスマンたちと飯を食っては大風呂敷の広げ合いをしていた記憶しかない。

あの歌に出会ったのも、その頃だった。

海外赴任すると、オペラ鑑賞が生活に組み込まれる。それが社交の一部だからだ。ビジネスランチの間にも、今やっているオペラについての話題が出てくる。仕事の付き合いといえば日本ではゴルフだが、ドイツではオペラ鑑賞だった。それが、ホワイトカラーのステータスシンボルでもあった。

真面目な英智は、鑑賞の前に本などで学習した。敷居が高いと思い込んでいたが、実際に見てみると楽しめた。和服を着た妻も、楽しそうだった。歌劇場という豪華な空間に、おしゃれをして出かけるだけで大満足だったようだ。ことに、和服だと必ず「きれい」とほめられた。

そんな生活をしていたのは、たったの半年だ。帰国後、日本に海外のオペラ座引っ越し公演が来ると大枚払って見に行ったこともあるが、ドイツで見たときほど楽しめなかった。

この程度なのだから、オペラが趣味とはとても言えない。しかし、そんな英智にも「マイ・

ベスト」と呼べる作品がひとつ、ある。

ワーグナーの『タンホイザー』だ。劇場公演のＤＶＤも数枚持っている。英智が胸に秘める愛唱歌は、この中にある。ダイナミックな歌曲揃いの中でひときわ静かで短いだけに、一服の清涼剤のように胸にしみ通る。

歌うのは、ヴォルフラムという脇役だ。この男は、激しい生き方をする主人公タンホイザーの、いわば引き立て役である。エリーザベトという乙女に恋しているが、彼女はタンホイザーと相思相愛で、ヴォルフラムのほうを振り向きもしない。

思いを胸に秘めて、一指も触れず、ただ見守る。昔のやくざ映画で、高倉健あたりがよくやっていた役どころだ。こんなあり方を男の美学とするのは、日本だけだと思っていた。だが、西洋にもあったとは。

最初に見たとき、そこに驚いた。どだい、ワーグナーのオペラに登場するのは、生命力に溢《あふ》れたギラギラした人物ばかりで、日本的感性の対極にあると英智は思っていたのだ。

ヴォルフラムだけが、違う。常に一歩引いて場の調停に心を砕く性分ゆえに、わりを食う。他人とは思えない。


自分には意志というものがあるのだろうか。これまでの人生を振り返ると、英智は考え込んでしまう。

聞くところによると近頃は、優等生とかいい子ほど、大人によって無理やりそうされた歪《ゆが》みから、引きこもりになったり家庭内暴力を振るったりの社会不適応行動に走るという。

英智には、それが理解できない。

英智は幼い頃から聞き分けのいい性格で、勉強にも精を出した。親や先生の期待に応える優等生だったが、そのことに葛藤《かっとう》を感じた覚えがない。

就職してからも、上司に忠実な補佐役を務めた。そのせいで重宝がられた。「ポチ」と陰口をきかれたが、気にしなかった。

肩で風を切る大物に風よけになってもらう代わり、与えられた仕事を懸命にこなす。それが、自分に合った生き方だった。

日本全体が上昇気流に乗っていたから、それだけで満足感があった。報酬も自然に上がっていった。中間管理職止まりで、それより上には行けなかったが、今となってはそれでよかったと思える。

たとえば、駐車場の同僚に「鬼の営業部長」で鳴らした柳田《やなぎだ》と、口達者で成績もよかったぶん客からのクレームが多い営業マンだった向井《むかい》という男がいる。

向井は時間にルーズで、遅刻の常習犯だ。本日、英智と交替する遅番がその向井だが、五時五分を過ぎてもまだ来ない。

柳田はこの件で、向井に怒り心頭だ。五時からの当番なら、五時にはその場にいなければならない。それなのに、遅刻が常態の向井に我々と同じ時給が支払われるのは容認しがたいと、頭から湯気を噴いている。だが、勤務評定をするのは柳田ではない。だから毎度、直接本人に文句を言い、会社に報告するが、向井も会社も柳に風だ。現役時代は顔色をうかがわれる側だった柳田にとって、この権力のなさ加減はストレスだろう。

そう思うと、ちょっと痛快である。


母の葬式は、家族だけが集まり、斎場に坊主を呼んで読経してもらう超略式ですませた。英智はただほっとしただけだったが、意外なことに妻が泣きっぱなしだった。

「嬉し泣きよ」とワルぶったが、母の死に顔に化粧する妻の手つきは丁寧だった。

「お義母《かあ》さんの口答えがあんまり強引で、笑っちゃったこと、何回もあるのよ。わたしが笑い出すと、この人も照れ笑いしてさ。イヤな人だったけど、可哀想に思うときもあった。あんなに可愛がってたのに、あなたは冷たかったからね」

強烈な嫌みだが、英智は一言もなかった。

自分は生まれつき、人のあとをついていくようにできている人間だ。母に従い、上司に従い、妻に従う。三従の道を行き、それをよしとする。

どうやら、プライドというものを母の胎内に忘れてきたらしい。それでよかった。プライドなんかなくても、運に恵まれた。金もなく居場所もない、うらぶれた老後に苦しむ者も多い中、こうして今や垂涎《すいぜん》の的の駐車場係員をやれている。仕事を楽しんでさえ、いる。

ほら、楽しみの一つがやってきた。

隣のパン屋の奥さんだ。頭を包む三角巾《さんかくきん》のこめかみあたりで、ほつれ毛が風に揺れる。ピンク色のエプロンとジーパン。そして、感じのいい笑顔。三十過ぎか四十過ぎか。女の年齢はわからない。若くないことだけは確かで、いわゆる中年女性なのだが、英智からすれば、ちょうどいい年頃に思われる。何にちょうどいいのかと問われたら、返答に困るが。

「回覧板でーす」

彼女はいつも歌うように話す。

「はい、ご苦労様です」

「それから、これ」

差し出された袋の中身は、クリームパンだった。

「お好きだって、おっしゃってたでしょう」

隣のパン屋は、昔懐かしいクリームパンやジャムパンや玉子サンドを売り物にしている。英智はいつも、この店で昼食を賄う。そのとき口にしたことを、覚えていてくれたのか。

感激だ。

「これはどうも、わざわざすみません」

代金を支払おうとしたら、止められた。それも、彼女の手が伸びて、ズボンのポケットから財布を引き出そうとする英智の手を上から押さえたのだ。

ドキッとして思わず、彼女の目を見つめた。目尻の笑いじわがぐっとくる。

「売れ残りなんですよ。どうぞ、食べてください」

「いや、そんな。買いますよ」

「いいんですってば。お得意様にお礼です。と言っても、こんなんじゃ、お礼にならないけど」

英智はあわてて、作り笑いの仮面で顔を覆った。

「それじゃ遠慮なく、いただきます」

えーと。何か、もう少し立ち話ができるような話題はないか。考えながら、とりあえず英智は「あの」と言ってみた。彼女は「はい？」みたいな目つきで英智を見た。

「いやあ、遅くなっちゃって」

二人の間に、向井が割り込んできた。そして、彼女にも「どうも、どうも」と意味のない挨拶をした。

彼女は「じゃ」と、英智と向井の両方に小首を傾げる可愛らしい会釈をして、パン屋に帰っていった。

「クスさん、知ってる？　柳田さん、倒れたんだってよ。脳梗塞だって。なんか、いつもイライラしてたじゃない。細かいことにうるさくてさあ。ああいうの、やっぱり、よくないんだねえ。人間、のんきなほうが」

向井がべらべらしゃべっているが、英智は聞いていない。クリームパンの入った袋を握りしめ、頭の中で歌っているから。

優しい夕星《ゆうぼし》よ。彼女に伝えてくれ。わたしの心は決して、彼女を裏切らないと——。

英智が働く立体駐車場は、公立の小中学校がある、いわゆる文教地区にある。昭和の頃には子供がごろごろいて、遊具を備えた二つの公園も個人営業の小さな店が軒を連ねる商店街もそこそこ賑わっていた。

しかし、それも今は昔。小学校の生徒数は驚くほど少なく、商店街も地主の代替わりと共に駐車場やマンションに変わり、もはや「商店街」の体《たい》を成していない。英智が慕う彼女がいるパン屋は珍しい生き残りで、モルタル塗りの古い二階建てが立体駐車場に寄りかかるような姿で頼りなく営業しているのだった。

伝え聞いた話によると、今の主人は三代目で、サラリーマンだったのだがバブル崩壊後にリストラされ、やむなく家業を継いだのだそうだ。

今や、パンといえばクロワッサンだのバゲットだの本格洋物が主体で、昔ながらのあんパンやジャムパン、クリームパン、カレーパン、ドーナツ、玉子サンドなどを売る店は、いかにも古くさい。繁盛しているとも思えないが、なんとか続けていられるのは、地主だからだろう。

それに、パンというのは原価が安いのだそうだ。考えてみれば、中身もジャムだのピーナツバターだの玉子だのルーだけのカレーだの、そう金がかかっているとは思えない。たまに、地域の新聞やローカルテレビで紹介されるときには、五十代の主人が「昔ながらの味を守る」とよさそうなことを言っているが、新たな投資をせず親譲りの設備や手法の使い回しをしているだけのことだろう。

と、英智がパン屋の主人を見る目は冷ややかだ。それというのも、その妻である彼女に惹《ひ》かれているからだ。ひそかに慕う人の亭主が素晴らしい人物だったら、やりにくい。

この駐車場で働くようになったとき、つまり、隣人として初めて見たときから、英智は彼女に心を奪われた。一目惚れだった。

とはいえ、最初から「一目惚れ」とわかったわけではない。

勤務初日に、店のウインドウの拭き掃除をしている彼女に出くわし、挨拶を交わした。そのとき、胸の中でコトリと何かが動いた。それから毎日、顔を合わせるたびにドキドキするのを感じた。そんな自分に戸惑った。

自分なりに分析してみるに、彼女の魅力はおそらく、どことなく不幸せそうな憂いがあるところだ。いつもにこやかではあるが、通りすがりに店の中をのぞき込むとしばしば、寂しそうな暗い顔で目を伏せている。

その何かに耐えているような風情が、たまらない。女は、こうでなければ。

フラメンコに夢中の英智の妻は、猛々《たけだけ》しいばかりに陽気、かつ元気だ。あれは、なんにも耐えてないからだ。耐えているのは、英智のほうである。同じ「気」でも、陽気や元気と色気は両立しないものらしい。そして、世間にはびこる中年女のほとんどは、やたらと元気なのである。彼女のような人は稀少《きしょう》だ。だから、自分が惹かれるのも無理からぬことなのだ。英智は、そう結論づけた。

こんな心の動きは、絶えて久しい。見合いという形で押しつけられるように結婚した妻には、ついぞ抱いたことのないときめきだ。

ときめき。頭に浮かんだその言葉に、苦笑した。ときめき？　少年の初恋じゃあるまいし。もうすぐ七十だぞ。

だが、彼女をそっと見守るときの自分は、まるで少年だ。

駐車場の同僚の中には、フィリピンパブの若いホステスに入れ込んで、彼女の写真を持ち歩いている者もいる。出会い系サイトとやらで、若い愛人（シニア世代からすれば、五十女もその範疇《はんちゅう》に入る）を漁《あさ》ろうとする輩《やから》もいる。

妻はその種の話を聞くと、「色ボケじじぃって最低ね。あなたはまさか、そんなことしてないでしょうね」と眉をひそめる。英智は「俺はもう、枯れ木だからね」と冗談めかしてかわすのだが、それは嘘ではない。そんなエネルギーは、本当にないのだ。

しかし、女と付き合いたがる同僚たちを色ボケとは思わない。男は色欲だけで生きていると誤解されがちだが、違うのだ。ただ、ひたすらに、人恋しいのだ。

ただし、個人差はある。英智自身は、そんな「人を思う気持ち」も枯れ落ちた、と思い込んでいた。ところが、彼女が現れた。

この年になっても、みずみずしいときめきが芽生えることに英智は驚き、そして、喜んだ。自分の中にはまだ、青い部分が息づいているのだ。

この感情は断じて、色ボケではないぞ。少年のごとき純情だ。誰にも後ろ指をさされたくない。そんな高ぶりさえ、覚える。

柳田が倒れた日、その知らせをもたらした向井は、こうも言った。
「半身不随の可能性もあるらしいよ。すっぱり死ねりゃいいけど、寝たきりでズルズル生きると思うと、ゾッとするなあ。ああもしておけばよかった、こうもしておけばよかったなんて、後悔しながら死ぬのを待つしかないってのが、一番の地獄だね」

不吉なことを言うなと向井に釘《くぎ》を刺したものの、他人事《ひとごと》ではないと思うとたまらなく胸がふさいだ。

暗い気持ちで帰った家の居間に、チラシが置いてあった。二色刷の質素なものだが、『タンホイザー』の文字が目に入った。

キッチンで夕食の支度をしていた妻が、「それ、フラメンコ教室に置いてあった」と説明した。

地元の音楽大学がコンサート形式で『タンホイザー』のさわりを演奏するという。区民会館のホールで、チャリティ目的のため、二千円の料金を取る。テノールとソプラノには、オペラで活躍しているプロが出るということだった。
「あなた、好きだったでしょ。だから、一枚もらってきてあげたの」

恩着せがましい言い方だが、英智はちょっと感動した。古亭主への興味などまったく失ったかに見えていた妻だったが、覚えていたのだ。やはり連れ合いとは、いいものだ。そこで「おまえも行くか」と誘ってみたら、「わたしはイヤよ」。

ニベもない。

「退屈だもの。それに、オペラハウスならまだしも、区民会館じゃねえ。行くなら、一人で行って」

「……うん」

やはりここは、亭主の好きなものを覚えていてくれただけでも、感謝すべきなのだろうな。

英智はおとなしく、チラシを自分の手帳に挟み込んだ。

そのチラシに、彼女が目を留めた。


翌日の勤務も無事終わったご褒美に、彼女の顔で眼福を得ようと、通りすがりの一瞥《いちべつ》を向けた。すると、彼女がうなだれて、大きなため息をつくのが見えた。客が誰もいないので、気がゆるんだのだろう。いつにも増して、不幸の色が——。

英智は思わず、ドアを押して店に入った。

「あ、いらっしゃいませ」

目をあげた彼女は、すぐに笑顔になった。

何かありましたか？　気がかりなことがあるようなご様子ですが、よかったら話してくださいませんか。こんなわたしにも、できることがあるかもしれませんから。

ああ、こんなことがスラスラ言えたら、どんなにいいだろう。

英智は「あ、いや」などとヘドモドしながら、陳列棚に目を移した。そして、売れ残ったらしきクリームパンと焼きそばパンを手に取った。

財布を取り出そうとしたとき、ポケットに突っ込んでおいた手帳もろともチラシが滑り落ちた。あわてて拾い、しわを伸ばしていると、彼女が首を伸ばしてのぞき込んだ。

「クラシックのコンサートですか？」

「ええ、はい。あの、有名なオペラのさわりをやるそうで、それでチャリティでもあるそうなので、その――」

「クラシックがお好きなんですね。よくFMで聴いてらっしゃるでしょう」

詰所には古いトランジスタラジオがある。かつての係員が野球中継を聴くために持ち込んだ置き土産だ。英智はNHKのFMでクラシックや古い唱歌などをやっているときだけ、スイッチを入れていた。そんな小さなことに彼女が気付いていたのが意外で、胸の底がカッと熱くなった。

「いや、まあ、クラシックといっても通というわけじゃなくて、誰でも知ってるような、いわゆる名曲が好きという程度なんですが。なにしろ、最近の音楽にはついていけないもんで」

なんとなく、言い訳に走った。小規模パニックに襲われて、コントロールがきかないのだ。だが、彼女は微笑《ほほえ》んで頷《うなず》くではないか。

「わたしもそうですよ。J－POPって、ダメ。キリスト教系の学校に通ってたんで、賛美歌が大好きなんです」

「そうなんですか」

キリスト教系の学校といえば、英智の世代にとっては深窓の令嬢というイメージだ。今でこそ、髪をきっちり一つにまとめ、薄化粧の地味な身なりだが、そこはかとなく品があるのは根がお嬢さんだからだ。目尻にいくらしわがあっても、セーラー服の美少女の面影をすぐに重ねられる。一目惚れした自分の審美眼を、英智はひそかに誇った。

彼女はさらに、こう言った。

「ちょっと見せてくださいます？」

「どうぞ、どうぞ」

裏の解説文を読みながら、彼女が問わず語りを始めた。

「わたし、小澤征爾さんのファンで、若い頃は演奏会とかバレエとか、よく行ってたんですよ。クラシックって優雅な感じがして、別の世界に連れてってくれるような気がしたんです。でも、子供が生まれてからは生でクラシックを聴くことなんか、なくなっちゃいました。主人は高校時代にバンドをやってたんですけど、クラシックは眠くなっちゃうって、まるで取り合わないんです」

「そうですか」

英智の相槌《あいづち》は適当だ。彼女の言葉も右から左。ただ、二人きりでいることに恍惚《こうこつ》となり、ぼーっとしている。

「でも、オペラだったら、ストーリーがわかってないと難しいかしら。『カルメン』とか『蝶々夫人』なら知ってるんですけど」

「あ、それは大丈夫です。これはそう難しい話じゃないんですよ」

我知らず、英智は『タンホイザー』の荒筋語りに入った。

主人公タンホイザーは才能溢れる宮廷歌人だが、清廉潔白を求める宮廷に飽きたらず、ヴィーナスの国で愛欲三昧にふけっていた。だが、その虚《むな》しさに気付き、魂の飢えを満たすべく、元いた世界に戻る。そこには、清らかな娘エリーザベトがいて、彼の帰りを待っていた。しかし、そこでまた、社会秩序を守るためのきれいごとを並べられると、人間くさい彼はムカムカして反逆し、追放を言い渡される。再び、引き裂かれるエリーザベトとタンホイザー。

「ところがヴォルフラムという、タンホイザーとは正反対で真面目一方の男がいましてね。彼はエリーザベトに片思いをしているのですが、振り向いてもらえないんです」

そこまで話して、英智は口を閉じた。調子に乗って、長々としゃべりすぎた。彼女は退屈しているのではないか。

「で、まあ、最後はエリーザベトがタンホイザーを救うために自分の生命を捨て、それで二人は天上で結ばれる、というような話です」

ヴォルフラムはどうなったんですか？

そう訊《き》いてくれないかとチラリと思ったが、彼女は「そうなんですか。よさそうなお話ですね」と頷いただけだった。

「まあ、こうして音楽だけでも公演が成り立つくらいですから、聴くだけでも楽しめますよ。

とくに序曲はとても有名で、聞いたら、ああ、これかと思うはずです」

思わず、主催者の回し者のような口をきいた。だが、彼女は再びチラシに目を落とし、別のことを言った。

「わたし、更年期らしくて、このところずっと気持ちも体調もグズグズしてるんですよ。こういう音楽聴いて別の世界に行って、いろんなこと忘れられたらいいなあ」

そのとき、奥から主人が顔をのぞかせた。

「おい、ちょっと来てくれ。おふくろが」

そこで英智に気付くや、「あ、どうも」と営業笑顔になった。そして「そこ、代わるから」とやってきた。彼女は入れ代わりに、英智に軽く会釈して、ドアの向こうに消えた。

「えっと、クリームパンと焼きそばパンですね。八十円と百二十円で、ちょうど二百円いただきます」

金を払って、外に出る。帰る道すがら、英智の頭は忙しく動いた。

おふくろが、と呼びに来たところを見ると、彼女は姑《しゅうとめ》の介護をしているに違いない。暗い顔をしていたのは、そのストレスのためではないか。彼女は苦しいのだ。そして、この自分に愚痴をこぼした。救いを求めたも同然ではないのか？

そんな気持ちのまま、翌日、デパートのプレイガイドで、『タンホイザー』チャリティ公演の座席表を見た。そして、一階の真ん中あたりに並びで二席が空いているのを見たとき、口が勝手に「ここを二枚」と言っていた。

チケットを渡すには、蛮勇が必要だ。英智は口上を書き出して、何度も練習した。できるだけさりげなく、下心を悟られることなく、かつ、断られることも当然と覚悟すべき、などと考えに考え、ほとんど就職試験の面接に向かう大学生のような気分で立ち向かった。

またしても帰り道、あたりをウロウロして客がいなくなるのを見計らって、店に入った。そして、売れ残りのクリームパンと一緒にチケットを差し出した。

「この間、お話ししたコンサート、実は知り合いがチャリティのほうで協力してまして、チケットをくれたんですよ。家内は用事があって行けないもんですから、無駄にするのももったいないので、よろしかったら」と、必死で嘘をついた。

「まあ、いただいて、よろしいんですか？」

彼女は目を見張っている。

「ええ。もらい物ですから、お金はいいんですよ。それで、都合が悪いようでしたら、捨てていただいても構いません。あまり、お気になさらずに」

ドタバタと口が動く。こんなことをして、色ボケじじぃと思われるのではないか。その危惧が急に湧《わ》き起こって、胃が痛い。

「――ありがとうございます。せっかくですから、いただきます」

彼女が頭を下げて受け取ったとき、英智は飛び上がりたいような、叫びたいような、歓喜の衝動を必死でこらえた。

当日。開演三十分前から座った座席で、英智はいてもたってもいられない状態に陥った。待っているだけで心拍数が上がり、心臓発作か脳溢血でぶっ倒れそうだ。

こんなことをするんじゃなかった。もし、本当に彼女が来てしまったら、自分は平静に音楽を聴いていられるだろうか。駐車場のジャンパーではなく、ネクタイを締めたスーツ姿の自分と、エプロンをしていない、おそらくは長い髪も美しく肩に垂らした、ワンピース（それが英智が知っている唯一の、よそ行き婦人服である）の彼女が、肩が触れる距離で並んで腰掛ける。ときにはうっかり、肘《ひじ》や手が触れるかもしれない。

なにより、来るということは、彼女と自分の距離が縮まることを意味する。これがきっかけで、次々とコンサートに誘うことができるかもしれない。

英智の頭には、コンサートからレストランへとデートを続ける二人の姿が浮かんだ。妄想モードにスイッチが入ってしまったらしい。ずっと使ってなかったから、さびついたと思っていたのに、片思いの力は偉大だ。

しかし、同時にブレーキもかかる。

あの主人がチケットを見つけて、彼女を責め立てたら。自分への苦情を町内会にでも申し立てたら。いや、その前に、彼女があっさり、あのチケットを捨ててしまう可能性のほうが高い。

いやだわ、あのじいさん。ちょっと優しくしてやったら、図に乗って。わたしがあんなじじいと付き合うと思っているのかしら。ああ、想像するだけで鳥肌立つ——。

女の口調で思い浮かべる。彼女はそんな月並みの中年女には見えないが、しかし、わからないぞ。なんとも思っていない男から好意を示されたら、女は逆に冷たくなる。エリーザベトがいい例だ。

清らかな乙女だ聖女だと称《たた》えられるが、彼女はヴォルフラムに優しい言葉の一つもかけない。タンホイザーのために死ぬことを決意する最終場面。彼女の気持ちを察したヴォルフラムが声をかけるのに、彼女は一言も返さず、去っていくのだ。

「ありがとう」とか「ごめんなさい」くらい、言ってもよさそうなものではないか。英智は、こんな振る舞いをするエリーザベトを好きになれない。しかし、女とはそういうものなのだろう。『タンホイザー』は、男女の機微にまるで不案内の英智に、そこらのことを教えてくれた。

ああかこうか、妄想と懸念が勢力争いをしながら、頭の中を駆け巡る。そうこうしている間にも、刻々と開演時間が近づいた。五百人は入りそうな客席が続々と埋まっていく。開演五分前。彼女はまだ、来ない。

やはり、来ないか。これでいいのだ。ほっとしながら、寂しさで心が冷えた。

こんなことをするのではなかった。何もしなければ、こんな失望を味わうこともなかったのに。

うなだれてため息をついたとき、いきなり隣の席にドンと人が座った。驚いて見ると、青年だ。英智に軽く頭を下げる笑顔に見覚えがある。

「すいません。ヤマノベーカリーの奥さん来れなくなったんで、僕がチケットもらったんです。

ちょうど、勤務時間上がりだったんで」

「ああ、そうですか」

ぼんやり受けると、青年は白い歯を見せた。

「わかりませんか？　僕ですよ。宅配便の」

青年はジャケットのポケットから、見覚えのある制帽を取り出してみせた。駐車場の自販機に缶コーヒーを買いに来ては、軽く世間話を交わす宅配の坊やだ。

「これはこれは。見違えたよ」

「制服って、すごいですよね。おじさんも、奥さんに言われてなきゃ、わからなかったですよ、僕」

彼女は誰にもらったものかまで、青年に話したのか。英智は顔が赤くなったのを見とがめられないか、ヒヤヒヤした。彼は、こんなじいさんが人妻に色目を使ったと思っているのだろうな。職場で触れ回るかもしれない。

「いや、クラシックに興味があるようなことを言ってらしたからね。たまたま手元にあったんで、まあ、来れるようなら、くらいの気持ちで渡したんだよ」

弁解してみるが、無駄かもしれない。

いくら純情を主張したところで、傍《はた》から見れば、英智は人妻に色目を使ったじいさんなのだ。

こっそりと、英智は自分を嗤《わら》った。ほら、見ろ。柄にもないことをするから、バチが当たった。

開演ベルが鳴る中で、青年が顔を寄せて囁《ささや》いた。

「奥さん、すごく残念がってましたよ。お姑さんの具合が悪くなって、直前でダメになったって。よろしく言ってって、頼まれました。また、こういう情報があったら、教えてほしいそうです」

「……そうかい」

英智も小声で答えた。そのとき、指揮者とソリストが登場し、場内が拍手で包まれた。そして、数秒の沈黙のあと、厳《おごそ》かな序曲が始まった。学生オーケストラながら、熱のこもった演奏に引き込まれ、英智の頭はいつしか物語の中に、そしてヴォルフラムに入り込んでいた。

決して秩序を乱さない優等生のヴォルフラムは、タンホイザーには勝てない自分の凡庸《ぼんよう》さを自覚している。だから、エリーザベトに思いを告げることができない。告げたところで、彼女の心はタンホイザーのものだ。

オペラにおいても、ヴォルフラムには見せ場がない。最後にようやく、小さなアリアがあるだけだ。その場まで来たとき、英智は座り直した。

愛する人を見守ることしかできない男。そして一人で、そっと歌う。

優しい夕星よ。彼女がおまえのそばを通って天に昇るとき、彼女を決して裏切らないわたしの心からの挨拶を伝えてくれ——。

愛している。どうしようもなく、恋い焦がれている。だが、いや、だからこそ、報われることのない思いを彼は貫き通すのだ。

そうだ。それで、いい。

触れ合うことがなくても、思いを伝えることができなくても、見守り続けることができれば、それで十分、幸せだ。そのことを、英智は新たに教えられた。

ヴォルフラムよ。

きみのことは、わたしが見ている。きみの生き方を、わたしは称える。架空の男に、そう呼びかける。

UFOに乗ってモンスターが行くぞ

普通って、いいなあ。

落合光弘《おちあいみつひろ》は、ため息をついた。

宅配便顧客の九割は、普通の人だ。何の問題もなく、すっと荷物を受け取る。たいがい「ありがとう」と言ってくれる。たまに「ご苦労様」とねぎらってもくれる。何の屈託もない。いや、まあ、誰にだって悩みはあるのだから、たかだか一、二分顔を合わせるだけの宅配ドライバーに「屈託がない」なんて評されるのは心外だろう。でもね。ただいま、光弘は普通の人が羨《うらや》ましい心境にある。

自分は普通じゃない、かもしれない。その自覚に責められているからだ。

光弘はこの間、二十六歳になった。で、ガールフレンドがいる。カコという二十歳の専門学校生だ。ネイルアートを勉強している。といっても、バイトをしている時間のほうが長い。ショッピングセンターのブティック勤めだ。

金髪に染めた髪をクリンクリンにカールさせ、真っ白い肌にピンクのチーク、バッサバサの付けまつげで、両方の手指の爪にラメやらストーンをどっさりくっつけて、お人形みたい。雑誌からまんま出てきたようだ。頭からっぽに見えるが、これでなかなか人に気を遣《つか》う、いい子である。

高校時代の友達の妹で、半年前に道でばったり会って、マックでしゃべって、メアド交換して、ひっきりなしにメールして、週に一度はデートして、すごく好きというほどではないが、彼氏彼女と呼べる誰かがいる安心感みたいなものでつながっている。

月に何回か、カコが光弘のアパートに来てセックスするのだが、そのあと彼女が入念に身支度する様子を、光弘はつい、じーっと見つめてしまうのだ。

子猫柄のランジェリー。ストラップにリボンがついたキャミソール。ケープみたいなニット。短いスカート。レギンス。足首のところでくしゅくしゅ丸まっているレッグウォーマー。

どれもこれも、カワイイ。

一番時間がかかるのが、メイクだ。

カコはメイク道具が入ったポーチを三つ持ち歩いている。そして、何種類もあるブラシやチップを駆使して顔を彩っていく。

そうしながら、鏡に映る光弘の顔を軽く睨《にら》んで、「もう、みっくんたら、やーだ。舞台裏見ないでよ」と甘え声を出す。

「だって、カワイイからさ」と答えると、すごく嬉しそうに笑う。

その笑顔は、確かに可愛い。だが、光弘が「カワイイ」とほめているのは、カコ本人ではなく、メイクの仕上がり具合なのだ。見つめてしまうその心は、テクニックを学びたいがため。

そして、カコが帰ったあと、鏡に向かって復習する。

光弘のメイク道具はクローゼットの一番奥に押し込んだ段ボールの、『簿記二級試験必勝法』テキストの下にある。

口紅とアイシャドウと眉ペンシルは、百均で買った。それも、ボールペンとかガムテープとか菓子パンとか雑多な物の中に紛れ込ませて、目立たないようにして手に入れたのだ。それでも、ファンデーションまで買う勇気はなかった。

だが、ファンデーションとパウダーは必需品だ。メイク歴の浅い男の肌はきめが粗い。毛穴が目立つし、なんといってもヒゲがね。剃ってもすぐに伸びてくるから、どうしてもブツブツが目立つ。

思い余って、この間、カコのポーチからパウダーファンデをくすねた。カコはコスメ・マニアで、リキッドやらパウダーやらクリームやら、いくつも持っているのだ。一つくらいなくなっても、気にしないだろう。そう思った。そして実際、気がついた様子はなかった。

メイクをして、茶色のロングヘアウィッグをつける。それから、着付けだ。

タータンチェックのミニスカート、リボンタイ付きブラウス、ニットのベスト、紺のハイソックスという女子高生の制服だが、身長百七十二センチ体重六十五キロの光弘でも着られるのはメンズサイズだからだ。これは、ネットで買った。一式五千円だった。

パンツ一丁の上に着る。女物の下着には、まだ食指が動かない。そこまではしたくないと思っている。でも、胸パッドはあったほうがいいかもなあ。女の子の着る服はやはり、ふくらんだ胸がないとサマにならない。だが、巨乳はペケだ。

ＢＷＨのメリハリがそこはかとなくあって、なで肩で、首や腕や脚はほっそり。それでこそ、服の魅力が立ち上がる。

太っていても、おっぱいが大きければ男にモテる。だが、服が可愛く着られない。女の子にとっては、モテより「可愛く見える」ほうが大事なのだ。だから、ダイエットに走る。その気持ち、よくわかる。

そう思いながら、鏡の中でポーズをとる。あんまし、可愛くない。けど、悪くもない。磨けば光る素材だよな、俺って。


光弘はずっと、普通だった。

小学校から中学までは野球にサッカーと、スポーツ少年の道を進んでいた。どっちもレギュラーはとれなかったが、練習に明け暮れる毎日で単純にエネルギーを発散して、腹が空くからバカバカ食べて、仲間とふざけているうちに時間が過ぎる。それで、別に何の問題も感じなかった。

勉強は受験のためにするもので、どんな仕事に就きたいとか、どんな人生を送りたいとか、ほとんど考えなかった。周囲もそんなものだった。と、思う。

光弘が通ったのは公立でも進学校で、いじめなんかもあったけれど、それだって普通のことなのだ。その他大勢として普通にやっていれば、たいがいのことはやり過ごせた。

で、地元の私立大学に進学し、卒業し、就職したのが地域の信用金庫で、そこでサラリーマン生活に挫折した。

金融業界って、きついんだよ。顧客は小さい事業所ばかりで、資金繰りに四苦八苦している。だから、ピリピリしているか、どんよりしているか、そんな暗い顔とばかり付き合うことになる。上は上で、厳しいし。

地元活性化に貢献できる仕事をしたい――なんて就職試験で言ったのは就活マニュアルに従っただけのことで、本当は何もわかっちゃいなかったのだ。

光弘はそれでも頑張ったつもりだが、入社一年を過ぎたところで、血を吐いた。胃潰瘍《かいよう》だったが、医者に「ストレスが原因ですね」と言われたとき、すぐに退職を決めた。

「自分には向かないとわかったから」と言うと、親は眉をひそめた。

「転職するのは構わないけど、次の仕事が見つからなかったら、どうするの」と、母親は懸念《けねん》を口にした。

光弘は就職と同時に独立した。それも、収入の保証があったからだ。それが失われるとなると、親がなんとかしてやらねばならない。だが、実家には受験生の弟がいて、経済的な余裕はない、ということを匂わせた。それだけではない。

「みっちゃんがこんなに簡単に会社辞めるなんて、お母さん、ちょっとショックなのよ。ニートとか引きこもりとか、うちは大丈夫だと思ってたから……」

「大丈夫だよ。すぐに仕事を探す。金融が向いてないってだけなんだから」

光弘はことさら明るく、言った。

ここまで根性なしだったのかと、自分でもショックだったのだ。だが、向いてないから辞めると決めたとき、すごい解放感でハイになったのも事実だった。

大学に合格したときと就職が内定したときも、同じ感覚を味わった。居場所が確保された安心感に違いないが、その居場所を飛び出したときに同じように晴れ晴れしたのは、間違った選択をリセットできたからだ。引きこもりになるような社会不適応者じゃないぞ。

そう思い直した。すると、ほっとした。

普通にやれないというのは、ものすごいストレスだ。子供のときから、その感覚があったように思う。普通にしていれば、楽だった。

それでせっせと求職活動をしたが、信用金庫を一年で退職したのが仇《あだ》になって、なかなか受け入れ先がない。

とりあえずの収入を確保するため、宅配ドライバーを始めた。それが三年前だ。

やってみたら、ひたすら体力勝負できついが、人と接する時間が短くてすむせいか、ストレスがたまらなかった。ドライバー仲間も人間関係が苦手でこの仕事に行き着いたという人種が多く、無用な人付き合いがない。

もう一つ、前の仕事と違って精神的に楽な点は、顧客の機嫌がいいことだった。

荷物を受け取るとき、客はたいがい嬉しそうだ。欲しくて買ったものが来た。その喜びや期待感が顔に滲《にじ》み出る。金融の仕事には、これがなかった。そりゃ、資金繰りがなんとかなった顧客のほっとした顔を見る喜びはあったが、それは稀《まれ》だった。

そんなこんなで働き続け、契約社員から正社員になったのだった。

一生の仕事ではないと思うものの、やれるうちはこれでいいとも感じている。ネットショップがこの世にある有り難さを、自分でも痛感していることだし。

コスプレに目覚めたのは、二〇〇五年。十九歳のときだ。

ピンク・レディーのコンサートの客席で、上下ピンクの『サウスポー』コスプレで踊りまくった。

それは一種の罰ゲームだった。当時、光弘は金属加工の工場でデータ入力のバイトをしていた。そこで、大事な顧客データを一件丸ごと消してしまい、ベテラン社員の服部《はっとり》さんに徹夜でカバーしてもらった。

服部さんがその作業をする交換条件に持ち出したのが、来るべきピンク・レディーのコンサートにコスプレの相方として参加することだった。

服部さんは百七十センチの長身で、並んだときにバランスのいい相方が欲しかったのだそうだ。それに、一方が男の子だと目立つ。

ピンク・レディー最盛期の一九七八年に小学校四年生だった服部さんは、何年経《た》っても全曲踊れるファン中のファンだ。二〇〇四年から始まった復活コンサートに馳《は》せ参じてみたら、客席はコスプレだらけ。単独で、しかも普通の服装で出かけた服部さんのピンク・レディー魂に火がついた。

次に行くときは、目立ちたい。相方選びに苦慮していたところ、光弘に目が留まった。スポーツ少年だったのは高校生までだが、光弘はまだ細めで、服部さんと並ぶといい感じ、だと思ったのだそうだ。

切羽詰まると、人間、いろんなことを思いつくものね。服部さんは述懐《じゅつかい》した。

どのコスチュームにするかが問題だったが、光弘にとって最も抵抗が小さく、加工もしやすいということで『サウスポー』になった。服部さんと一緒にスポーツウエアの店に行き、サイドに白い線が入ったランニング用のシャツとパンツを買った。

加工作業は服部さんが引き受ける。その間、あんたは振りを覚えなさいと、ピンク・レディーが自ら指導するレッスンDVDを渡された。

かくて、自宅での特訓と相成ったが、これが楽しかったのだ。

それまでの光弘は、ピンク・レディーを伝説として知っているだけだった。コスチュームといい、振付といい、アニメのキャラクターさながらのノーテンキ。楽曲もやたら明るく、歌詞は冗談みたいだ。リアルな切なさを歌い上げるJ－POPとは、全然違う。だから、ちゃんと見たことはなかった。

だが、振付を真似て動いているうちに、どんどん気分が乗ってきた。

子供たちがこぞって踊れたというくらいだから、振りそのものは難しくない。ただ、テンポが速くて、すごくスポーティブ。指導するピンク・レディー二人の体型も筋肉質で、カッコよかった。

それでもコンサート前日、ランニング用の上下にピンクのサテン地を縫い付けた、かなり無理やりな手作りコスチュームを身に着けてみたときは恥ずかしくて恥ずかしくて、「勘弁してくださいよ」と泣きを入れた。

「今さら、何言ってるの。大丈夫よ。現場に行ったら、魔法がかかるから」

服部さんは、軽くいなした。実際、二人で振付あわせをしてみると楽しさは倍増だったから、光弘もしまいには「頑張ります」と奮起を誓った。

そして、当日、本当に魔法がかかった。

まず、コスチューム隠しのパーカとジーンズを脱ぐため男子トイレに行くと、お召し替え真っ最中のおっさんたちがいたのに度肝を抜かれた。それもほとんど、『ＵＦＯ』か『ペッパー警部』か『カメレオン・アーミー』のキラキラ満載、腿《もも》丸出し衣装にブーツだ。頭にもキラキラのヘアバンドをつけている。メイクまではしておらず、むくつけき面立ちに笑顔全開だ。

コスプレ男はなぜか、みんなおっさん世代だった。十九歳の光弘は「カワイイね」と声をかけられ、ぞっとした。あわてて、これが罰ゲームであることを口にして弁解に走ったのは、ほとんど本能的な反応だった。

なんだ、こいつら。変態か、と思った。

しかし、ロビーに出ると猫も杓子《しゃくし》もコスプレ状態で、男たちのキラキラしたコスプレ姿は後ろ指をさされるどころか大人気。女性客たちが群がって、次々と記念撮影をしていた。

コンサートが始まると空気が一気にわっと熱くなり、光弘は経験したことのない場に放り込まれた。興奮で、身体《からだ》が軽い。ずっと踊っているうちに、比較的当たり障《さわ》りのない『サウスポー』のコスチュームでは物足りなくなってきた。

キラキラした『UFO』や『カメレオン・アーミー』のコスチュームを着たい。光り物一杯でヒールの高いブーツを履きたい。ブーツを調達できなかったので、ハイソックスにスニーカーでごまかした足元の貧弱さが返す返すも残念だ。

それでも、いやー、楽しかった。アイドルのライブに行って、総立ちでピョンピョン飛んで応援というのは何度もやったことがあるが、コスプレをして、あの面白い振付でずーっと踊ったときに感じた幸福感は、まったく別物だった。

それでも、当時の光弘にとって、あれはひとときのお祭りだった。ピンク・レディーは、普通の大学生に戻った光弘が友達とカラオケに行ったときのレパートリーとして残った。コスプレしたとき、服部さんの命令で脇毛とすね毛を全部剃ったことも、大ウケ間違いなしのナイスなネタだった。

「そっちのほうに目覚めちゃったんじゃないの」と、必ず誰かが言った。

「そうかもしれなーい」としなを作ると、またウケた。

男が女の真似をすると、大爆笑のギャグになる。みんなに喜ばれた。それで、光弘も嬉しかった。それだけのことだった。懐かしく思い出す青春の一ページというやつだ。

そして、社会人一年生でつまずいたが、あれは挫折なんかじゃない、次につながる貴重な経験だと周囲にも自分にも見せたくて、懸命に普通路線を歩んだ。

胃潰瘍にはならなかった。それだけでも、宅配の仕事に軍配が上がる。親も、何も言わない。二十六歳はまだ若い。とりあえず、ちゃんと社会人をやっている。一人で生計を立てている。エライ。そうだ。俺はエライ。

でも、くすぶっている。それに気がついたのは、ピンク・レディーのせいだ。


二〇一一年に、あの二人がまた活動を始めるとネットで見たとき、コンサートに行けると思った。「行きたい」ではなく、「行ける」だ。それはすなわち、コスプレをして踊りまくるということだ。

服部さんにもらいっぱなしになっていたレッスンＤＶＤを取り出した。これをずっと持っていたのは、どういう神経の作用なのか。とにかく、一人でやってみた。

踊れる。そして、踊ると嬉しいのである。もっと、もっと、と思う。

相方が要るのだが、急に調達は無理だ。服部さんとは、バイトを辞めて以来会ってない。彼女のことだから、きっとコンサートには行くだろう。ひょっとして、再びコンビ要請があるかもしれないと期待もしてみたが、何の連絡もなかった。

一人でも行けばいいのだ。あそこに行けば、みんなが踊っている。

チケットをとったが、コスプレの衣装がない。二〇〇五年に着た『サウスポー』もどきは処分してしまった。だが、もしとってあったとしても、あれはイヤだ。どうせなら、今度こそキラキラ物を着たい。

でも、どうすればいい？　服部さんが工夫してくれたような作業は、光弘にはできない。困ったときのインターネット。検索すると、あるわあるわ、コスプレ専門店の花盛りだ。だが、売っているものは女性向けばかりで、サイズが無理っぽい。そんな中に、自作したピンク・レディー仕様コスチュームをブログにアップしている男性ファンがいた。

光弘は彼にメールをして、コスチュームの相談をした。そして、女装専門の通販ショップがあり、そこでなら使えそうなコスチュームが手に入るだろうと教えてもらった。

本人は大柄でガッシリしているので、市販のものが合わないのだそうだ。それに「自分で作ると、ぴったりフィットしてるから、きれいに見える」。しかし、それには裁縫技術が必要なので、市販のものでサイズが合えば、そのほうがいいとアドバイスしてくれた。

それなら、三千円から五千円くらいですむ。自作すると、つい、「いいものにしたいと欲が出て」かえって金がかかるのだそうだ。

「最初は売っているものでやるほうがいいよ」と、彼はメールに書いてきた。「そのくらいで楽しんでるほうが、楽」と、謎の言葉がついていた。

とにかく、探しまくって『ＵＦＯ』もどきを購入し、コンサート会場で思いきり弾《はじ》けた。最大の収穫は、会場でコスプレ男と知り合えたことだ。ごく自然に声をかけ、打ち解けて話ができたのも、空気が親密なこの場ならではの魔法だった。そして、ミツルという四十五歳の公務員と、名前が似ているというだけでとくに意気投合し、以後、いろいろと語り合うようになった。

ミツルはピンク・レディーがきっかけで、女装コスプレ趣味に邁進《まいしん》中だそうだ。同好の士も多く、ピンク・レディーの相方は複数いるそうだ。

「変身願望って、誰にだってあると思うんだよ。それだけのことで、面白いからやってるんだけど、人には言えないのが、やっぱりつらいところだよね」と、ミツルは言った。

「でも、誰にも迷惑かけてないだろ。大体、女はパンツスタイルができるのに、男がスカートはけないのは差別だよ。こと着るものに関しては、男ってバリエーションが限られてて、面白くもなんともないよ。メイド服なんか、可愛いと思うだろ」

そう言われて、光弘は深く頷《うなず》いた。

実は以前、ドライバー仲間とメイド喫茶に行ったとき、光弘は中身より服自体に萌えたのだ。あれ、可愛い。着たいと思った。でも、その感情は即刻、封印した。

まさか。何かの間違いだ。メイド服を着た女の子が可愛い。そう思っているだけだと自分に言い聞かせたのだった。

だが、ミツルの言葉で目から鱗《うろこ》が落ちた。

そうだよ。女の子はボーイフレンドスタイルとかいって男っぽい服を堂々と着てるのに、男が女の子の服を着られないのは差別だ。

可愛い服を着てみたいだけだよ。好奇心だ。犯罪行為じゃない。

そんな風にあれこれ自分に言い訳して、思い切って女装通販にアクセスしてみた。すると、憧れのメイド服も女子高生の制服もあった。女子高生の制服はとくに人気らしく、バリエーションがいろいろあった。

好奇心だよ。好奇心。口に出して誰にともなく言いながら、制服セットを買った。

自分の会社とは別の宅配業者を指定した。それでも、受け取るときは自然と目を伏せてしまった。普通にしているほうがいいとわかっているのに、後ろめたさは隠せなかった。

しかし、開封するときのドキドキときたら、初めてセックスに臨むときに匹敵、というか、上回ったかもしれない。なにしろ、こっちには禁断のものに手を出す秘密味のスパイスがしっかりきいているのだ。

シャレで女装するだけだ。誰にも迷惑がかからない。またしても、声に出して自分に言い聞かせ、わざと鼻歌まじりに包みを開けた。

パンツ一丁になって、着てみた。そして、おそるおそる全身が映る鏡を見た。それは、カコが自分用に持ち込んだものだった。

最初はちらっと。それから、まっすぐ前を向いて、じっと。

すると、「あってはならない」部分が目についた。

すね毛。それから、髭の剃り跡が見える素顔。ズボッと両足を踏ん張っているだけの立ち姿。

すね毛を剃ろうとシェーバーを手にしたとき、はっとした。

何やってるんだ、俺。

そして、横目で鏡を見た。女子高生のコスプレ。この格好で笑いをとる芸人がいる。冗談なんだ、この姿は。どうせなら、もっと冗談らしく。そう思って、茶色のウィッグを追加注文した。

毎晩、寝る前にこっそり制服を着てみた。そのうち、メイクの真似事もするようになった。そうしないと、バランスが悪いからだ。

もはや、ウケ狙いの冗談だとごまかせない。光弘は、制服が似合う女の子に変身したいのだ。その欲望に直面するたび、深くおののく。

これって、普通じゃない。もしかしたら、もしかしたら……そうなのかしら？

つい先日、クラシックのコンサートに行った。チケットをもらったからだが、ちょっとばかり期待もあった。

クラシックなんて、好きでもなんでもなかった。だけど、思い込みで自分の世界を制限してきただけで、実はクラシック好きだったりするかもしれない。

隣の席に、顔馴染《かおなじ》みの駐車場のおじさんがいた。「へー」と思った。ぱっとしないおじさんに見えたが、クラシックが趣味だと知ると、どことなく品よく見える。頭もよさそうに見える。人間が上等な感じ。見直した。誰だって、そう思うだろう。

どうか、クラシック好きでありますように。そんな感じで祈るように行ってみたコンサートだったが、始まって三分で撃沈爆睡した。

ダメだ。やっぱ、俺の趣味は女装だ——なんて、認められないよ。キモいだろ。変態じゃん。自分と折り合いをつけられない。なのに、やめられない。いけない、いけないと戒めると、逆に熱が上がっていく。

とくに、最近のカコがよく着ている虹色の透けるチュニックとカラータイツのコーディネートをやってみたくて、たまらない。

ついに、例によってセックスしに来たカコが眠りこけているのを確かめて、そっとチュニックを身体に当ててみた。立ち上がって、鏡の前でためつすがめつ。自然と内股《うちまた》になり、身体をひねって小首を傾げて——。

「みっくん」

震える声に振り向くと、ベッドにしがみつくように横たわったカコが、目をパチパチさせてこっちを見ていた。

女装が趣味。

なんてことは、世間体がどうこう以前に、自分自身に認めさせるのが大仕事だ。

女装好きの先輩、ミツルはしみじみそう言った。

親でもない。友達でもない。一番の壁は、自分だったと。

カコのチュニックを身体に当てて鏡を見ていた。その姿を目撃されただけで、光弘は凍結した。

「いやー、今度、会社の飲み会でコスプレすることになってさ」とかなんとか、ごまかす方法はあった——というのは、後知恵だ。

その瞬間は思考停止。それでも、カコの見開いた目にみるみる涙が滲《にじ》んでいくのは、ちゃんと見てとれた。

「あの」

光弘はかろうじて、それだけ言った。だが、そこから先の言葉が出ない。カコも何を言えばいいのか、わからないようだった。ようやく、そっと言った。

「みっくん、ほんとは……だったの？」

言葉にできない真ん中の部分には、何が入るのか。ゲイ？　性同一性障害？　変態？

「……ごめん」

光弘は目を伏せ、へたり込んだ。そして、そっとチュニックを脇に置いた。

カコはそろそろ起き上がり、裸の胸に掛け布団ごと膝《ひざ》を引き寄せ、背中を丸めた。

「ピンク・レディーのライブにお母さんと行った友達がね、コスプレ男が面白いって写真撮って、送ってきたの。友達は知らずに撮ったんだけど、わたしはみっくんだってわかって……遊びでやってるんだって思おうとしたけど、それだったら、みっくん、なんで話してくれないんだろうって」

そこまで話して、カコは洟《はな》をすすった。

「コスプレが好きなだけなら、普通、言うでしょう？　でも、みっくん、ピンク・レディー見に行ったことも、わたしに黙ってた」

確かに言わなかった。

言えば、変態だと思われる。それが怖かったのも事実だ。だが、それだけではない。

共有する仲間がいる秘密は、隠した宝箱と同じだ。持っているのが嬉しい。できることなら捨ててしまいたい重荷とは、違うのだ。心の一番深いところで、悪いことをしているわけじゃないぞと叫ぶ自分がいる。

「みっくん、わたしのファンデ盗《と》ったでしょう」

おっと、それは確かに悪事だ。光弘は目をそらしたまま、頷いた。

カコは手を伸ばして、さっきまで光弘が触っていたチュニックとそれ以外の自分の服を片手でつかんで引き寄せた。そして、うつむいて身に着け始めた。これまでなら、光弘はその一部始終を見つめていた。だが、今回はさすがに顔をあげられなかった。

カコが鏡の前に座ってメイクを始めたとき、その膝の横にくすねたファンデーションを置いた。カコはチラリと目をやったが、黙って光弘のほうに押し返した。

「あげる」

そうだろうな。変態に使われたものなんか、触りたくないだろうな。光弘の頭は「変態」という言葉を採用した。カコはきっと、そう思っているんだろう。

身支度を終えて、靴も履いて、すっかり出ていく態勢から、カコはこちらに向き直った。だが、光弘の顔は見ない。うつむいたまま、言った。

「どうして、わたしと付き合ったの？」

「……好きだから」

「嘘。カモフラージュ？　それとも、ファンデや着る物、欲しいから？」

「違うよ」

光弘はこの日初めて、顔をあげて強く言った。

「ファンデーション盗ったのは、反省してる。でも、そのつもりで付き合ったんじゃない」

カコも顔をあげた。分厚い付けまつげをパチパチさせるたび、涙が溢《あふ》れる。

「わたし、みっくんのこと、わかりたかったんだよ。みっくんが女の子ダメな人でも、そんなことが理由で嫌いになりたくないと思ったから。だから、ずっと、本当のこと話してくれるの、待ってた」

え、いや、そんな。

自分はゲイじゃない。と思う。だって、女の子とセックスして、ちゃんと気持ちいいもの。だから余計、戸惑ってるんだ。女装したい理由の説明がつかない。

それに、「話してくれるの待ってた」って、なんなんだ？

知ってたんなら、すぐに訊《き》けばいいじゃないか。光弘のほうはバレているなんてこれっぽっちも気付かず、ノーテンキに振る舞っていたのだ。そんなの――ずるいよ！

言いたいことが錯綜《さくそう》して、光弘は混乱した。一方、カコはメイクが台無しになるのも構わず、しゃくりあげながら、なおも言った。

「なんで、話してくれなかったの。わたしは、利用するのに便利だっただけ？」

うわ、なんだ、その発想は。いや、しかし、そう思われても仕方ないんだよな。

「ごめん。でも、利用したとか、そんなこと絶対にないから。それだけは信じて。ほんとにカコのことが好きで、それで」

それ以上は、何も言えない。言うべきことも言いたいことも、何一つ浮かばない。光弘はうなだれた。

「こんな変態に好かれても、気持ち悪いだけだよね。でも、カコを傷つけるつもりはなかった。それはほんとの気持ちだから」

カコはグシュグシュ鼻水をすすりあげながら、背中を向けて出ていった。

この顛末《てんまつ》を、光弘はミツルにメールで打ち明けた。

『彼女バレして、捨てられました。ｗｗ』と自虐的に笑って報告したのだが、これだけでミツルから「会って、話そうよ」と返事が来た。そして、ワインバーを指定された。

ミツルとのやりとりは、メールに限られていた。その内容も共通の趣味である女装についての情報交換や軽口だけで、性的嗜好《しこう》などの内面にまでは踏み込んでいなかった。

もしかしたらミツルはゲイで、自分はこれをきっかけに口説かれるのかもしれないと、光弘は思った。そして、それはイヤだなと感じ、その反応に自分で嫌気がさした。

変態と思われたくなくてビクビクしているくせに、ゲイを差別してる。俺ってヤなやつ。

反省しながらも、ワインバーに向かう間、ドキドキした。途中で行くのをやめようかと何度も思ったが、ミツルと話すことで気持ちの整理ができそうな期待のほうが大きかった。

ピンク・レディーの出現は、ミツルが小学校五年のとき。そのときはできなかったピンク・レディーごっこを二〇〇四年の復活コンサートで果たしたときから、人生が変わった。というのがミツルの経歴だ。

コスプレ仲間として出会うと、年齢差が壁にならない。こんな人間関係を持つのは、初めてだった。信金でも今の宅配会社でも、オヤジはあえて付き合いたくない人種だった。年長者としての説教はうっとうしくて、右から左に聞き流したものだ。

だが、ミツルの言うことは素直に聞けた。なにしろ彼は、女装趣味というワンダーランドを行く光弘にとって頼みの綱のガイドなのだから。


指定されたワインバーは、ブランドショップが並ぶ通りの一角にあった。瀟洒《しょうしゃ》なビルの地下で、中に一歩入るだけでワインの香りが漂ってくる。

奥まったテーブル席にいたミツルが、手をあげて合図するのが見えた。

ピンク・レディーのコスプレ以外の姿を見るのは初めてだが、ボタンダウンシャツにチノパンのこざっぱりした服装がよく馴染《なじ》んで、四十過ぎのおじさんにはとても見えない。

「ミツルさんって、若く見えますね」

そう言うと、悪びれずに「だろ」と胸を張った。

「ピンク・レディーのおかげだよ。あの二人、五十過ぎてあの元気だもの。僕も頑張ろうと思えるよ」

そして、ふっと目をあげた。

「ほんと、ピンク・レディーには助けられた」

なにげなく頷いた光弘に、ミツルは「コスプレのこと、言ってるんじゃないよ」と切り返した。

「光弘くん、ピンク・レディーの歌、ちゃんと聞いたことある？」

「死ぬほど聞きましたよ。歌いながら踊らないと、意味ないですもん」

「そうだけどさ。歌詞の意味、考えたことある？　とくに『ＵＦＯ』以降」

「え？」

意味なんか、ないようなものじゃないか。宇宙人の彼とか、モンスターとか、女のピッチャーとか、透明人間とか、子供向けの遊びだろ。

「子供が喜ぶようなこと、じゃないんですか？」

「表向きはね」

ミツルは少しばかり得意げに、顎をあげた。

「世間ってさ、あいつは宇宙人だとかモンスターだとか透明人間だとか、そういう悪口、言わない？」

「――言いますね」

光弘はその種の言葉でいじめられたり、孤立したりのストレスを受けることなく、うまくやってきた。

でも、それは無意識のうちに必死にまわりに合わせていたからではないか。今、ほとんど一人で過ごせる宅配ドライバーの仕事に落ち着いているのは、集団の中で揉《も》まれるのが苦手だからではないか。

黙って考え込む光弘に、ミツルは語りかけた。

「僕はね、十一歳のとき、男の子だからピンク・レディーの真似はしちゃいけないんだと思ってた。でも、なんでいけないんだろうとも思った。だけど、そんな疑問を持つことに罪悪感みたいなものを感じてね。苦しかったよ」

それ、今の自分だ。光弘の全身が耳になった。

「だから、深く考えないようにしようと、それ以来、封印してきた。社会人として生きる道のりは、ただもう、目の前の仕事をこなすだけって感じで、ときどきすごく虚《むな》しくなるんだけど、頑張った。で、気の合う人と結婚して子供ができたら、これが可愛くてね。子供だけが生き甲《が》斐《い》だと思った。で、二〇〇四年が来たわけさ」

ピンク・レディーの復活コンサートがあると知って、ただ懐かしさからチケットをとった。そして会場でコスプレ男を発見した。それだけではない。久々に歌ってみて、初めて歌詞が身にしみた。

まったく異物の「宇宙人」や、嫌われ者の「モンスター」や、誰にも認めてもらえない「透明人間」。これは、自分のことではないか。表面上はうまく取り繕《つくろ》ってきたが、ずっと疎外感に苦しめられてきたのではないか。

ミツルが話す内容に、光弘は目をむいた。

なんで、ここまで気持ちが同じなんだ？　これは他人の言葉なのか？

「でね。宇宙人でもいい。モンスターでもいい。透明人間でもいい。阿久悠先生は、そう言ってる。そう思ったら、目の前がぱーっと開けたみたいに、嬉しくなった」

光弘は目を宙にすえて、歌詞を頭の中で再生してみた。確かに「もしかしたら、そうなのかしら」の次はこうだ。

「それでも、いいわ」

小声で歌った。ほんとだ。感心していると、ミツルがさらに続けた。

「それでいいって言ってるだけじゃない。阿久悠先生は、こうも言ってる。この世の中、いただけない人ばかりがうようよして、真っ暗闇じゃないかしら」

『モンスター』だ。

「ね。世の中のほうが歪《ゆが》んでるんだ、おまえがおかしいんじゃないぞって言ってると思わないかい？」

言われてみれば、その通り。

「ピンク・レディーの歌は、まわりとうまくやれない人間みんなのための応援歌なんだ。コンサートにコスプレ男が一杯いるのは、その証拠だと思った。宇宙人やモンスターや透明人間が羽を伸ばして息が吸える、そういう場所なんだ」

「そうだったんですね」

子供向けのおもちゃだと思っていた歌に、それほど深い意味があったとは。

「なんか、すごいなあ」

感嘆しきりの光弘に、ミツルは少し照れた。

「いや、もちろん、こっちの勝手な思い込みで、阿久悠先生は最初からそこまで考えてなかったかもしれないよ。でもね。顔に縫い目があったって怖い人とは限らないって、そういう発想がないと書けない歌詞だろ」

「ですね」

なんか、すげえなあ。おおいに感動し、天上の阿久悠先生を尊敬しまくる光弘に、ミツルは「で」と、あらたまった。

「今日、呼び出したのはね。光弘くんには、女装趣味が悪いことだと思ってほしくないからなんだ。きみがそう思ったら、僕の立場がないってこともあるけどさ」

それから、一人語りを始めた。

家族は生き甲斐だ。家族を養いたいから一生懸命働く。でも、見せかけが大事な社会に対する怒りがある。息苦しさもある。

ところが、女装するとスカッとする。皮を一枚脱ぎ捨てた。殻を破った。そんな解放感だ。そこにはタブーをおかす快感も、多分、加わっている。

女が男装すると「セクシー」なのに、男の女装は「ビョーキ」にされる。それは、差別だ。男にも女装の権利を！　と、声高に運動したいか、といえば、そうではない。何食わぬ顔で女装、というのがいいのだ。

女装好きイコール、ゲイとは限らない。むしろ、ほとんどの男には女装願望があるのではないか。

男は女よりずっと、表面的な倫理や規範に抑圧されている。だからこそ女装には、常識という名の権威をふりかざす世間様の裏をかく痛快さがある。

「こんな風に理論武装せずにはいられないところが、男なんだよね」

ミツルは苦笑した。

「そうやって正当化のバリアを張っても、後ろめたさは消えない。だから、ピンク・レディーを歌うんだ。歌いながら、コスプレする。コスプレ仲間と会う。それがどれだけ大きな心のセーフティーネットになってるか、わからない人は気の毒だって、僕はこの頃、思うよ。自分を完全に解放する方法を知っているだけ、僕たちは幸運なんだ。いつも心にピンク・レディーを、だ」

ミツルは、エド・ウッドという女装趣味の映画監督についても話した。安っぽいホラーやSF映画を作り、「史上最低の監督」として死後にカルト的な人気を誇るようになった。彼の妻は女装趣味を理解し、彼を愛して、彼に先立たれたあとも、再婚はしなかったそうだ。

「いいなあ。そういう関係、羨ましいです」

「羨ましがってるだけじゃなくて、ガールフレンドとちゃんと話してごらんよ。僕の奥さんは、ロリコンやレイプ魔に比べたらずっとましだって言ってるよ。女っていうのは男よりずっと柔軟だから、わりに平気で受け入れてくれるもんだよ」

「そうですかね」

しかし、さすがに子供たちにはまだ話せない。奥さんと相談して、それぞれが十八歳になったら打ち明けると決めた。

「運転免許取得、お父さんの秘密共有の権利を得る。それが我が家の大人宣言」

ミツルが言い、光弘は笑った。

「長女がもうすぐ十八なんでね。きみに話したのは、説明の予行演習だ」

「うまくいくと、いいですね」

「うん。怖いけどね。でも、隠し続けるほうが裏切りだと思うんだ。だから、僕は話す。きみもガールフレンドに話す」

話の締めくくりに、ミツルは小声で歌った。

「モンスター、さあ勇気を出して」

光弘も続いた。

「モンスター、手をあげるのよ」

モンスターが来るぞ。モンスターが来るぞ。囁《ささや》き声を重ねて、二人はクスクス笑った。

光弘が心の中で女装にときめく自分に「変態」という表現を当てたのは、それが世間の見方だからだ。

でも、本当は変態を自認したくない。普通じゃないかもしれないけど、だからって、変態だなんて――。

カコは、変態という言葉を一度も使わなかった。ただ、「話してくれなかった」ことにこだわっていた。

話してみよう。そのうえで、変態だと気味悪がられても、いい。ただ、自分で自分を変態呼ばわりして卑下したくない。その気持ちを伝えたかった。

決心して、「ちゃんと話したい」とメールした。すると、すぐに「今夜、行く」と返事が来た。

これには驚いた。もう会いたくないと言われることも覚悟していたのだ。それなのに、早すぎ。心の準備が……。

ミツルと話したときには勇気百倍だったのに、いざとなると、筋道を立てて言えるかどうか、不安になった。なんたって、初告白だものな。

女装趣味を恥じる気持ちは根深い。ミツルは「恥じる気持ちがあるから、秘密は甘いんだよ」と言った。だからこそ、秘密を共有する仲間との心の絆が強くなるとも。

なーんか、複雑。でも、カコに「変態」と思われっぱなしで別れるのは、イヤだった。それに、「話してほしい」と言ってたし。「わかりたい」って言ってたし。

グズグズしながら、お互いの仕事が終わって部屋で落ち合う約束の午後十時を迎えた。ドアを開けて出迎えたときは、気まずかった。カコも曖昧《あいまい》な笑顔で、目を泳がせた。向かい合うにあたり、光弘は正座した。それしか、告白にふさわしい姿勢がない。すると、カコも正座に座り直した。

光弘は「あの」「えっと」を挟みながら、服部さんに引っ張られて初めてピンク・レディーのコスプレをしたときから今に至るまでを、全部話した。話しているうちに調子が出てきて、ミツルに教えられた「ピンク・レディーは、宇宙人やモンスターや透明人間への応援歌説」を受け売りでしゃべる頃には、もう誰も止められないハイテンションになった。

カコの表情もほぐれてきた。そして、聞き終えたあとで「わかった」と言った。

「話してくれて、ありがと」

「いや、あの、聞いてくれて、ありがとう」

光弘は照れ隠しも兼ねて、ひれ伏した。最初から正座していると、土下座もやりやすい。

「や、や、そんなそんな」

カコも妙にはしゃいだ調子で頭を下げ返した。そして、顔をあげて問いかけた。

「このこと、家族は知ってるの？」

「いや、まだ。ていうか、知らせる必要、感じないし」

「友達には？」

「コスプレ仲間じゃない人には、言ってない」

「じゃあ、知ってるの、わたしだけ？」

「うん」

「そっか」

カコはぱっと大きな笑顔になった。

「わたしだけに話してくれたんだね。わかった。わたしもゼッタイ、誰にも言わない」

ものすごく、嬉しそうだ。

「わたしね、小学校でも中学でも、ずっといじめられてた。無視されたり、汚いって差別されたり。だから、友達ができても嫌われるのが怖くて、安心できたこと、ないんだ。だから、みつくんみたいに秘密教えてもらえたら、嬉しい。なんか、前より近くなった気がするだよね。秘密の共有って、嬉しいよね。でも……。


知っている人が増えると、だんだん秘密っぽさが減ってくるんだな。それが残念に思えることに、光弘は驚いた。

秘密が秘密でなくなると、普通になってしまう。それも、なんか、もったいない感じなんだよなあ。

複雑な気持ちで曖昧な笑顔のままぼんやりする光弘とは逆に、カコはパワーアップ。大きなトートバッグを引き寄せて、勢いよく中身を引きずり出した。

チュニック。スカート。セーター。ブラウス。レギンス。光弘は息を呑んだ。

モノトーンもパステルカラーもグラデーションもプリント模様もリボンもラメもラインスト

ーンもある。ああ、女の子の服って、なんて豊かなんだろう。

「うちの店、Ｌサイズまでしかないから、着られるかどうかわからないけど、一応、持ってきてみた。着てみて」

「今？」

「うん。似合うかどうか、見たいもの」

「………！」

展開、早すぎ。

「ほら、早く」

「いや、だって、目の前でって、そんな、恥ずかしいよ」

カコはひっくり返って笑った。

「やだ、もう、みっくんてば、おっかしい。みっくんの裸も秘密も、もう知ってるんだよ」

そして、光弘の腕を引っ張って立たせた。

「はいはい、着せてあげるから」

あとは、もう、為《な》すがまま。光弘はカコの着せ替え人形と化し、しまいにメイクまでしてもらった。

鏡を見るときには、二人とも夢中。カコはポーズの指導までして、写真を撮った。

そして、この次はもっと持ってくると張り切って、帰っていった。セックスは抜きだった。

それから、カコとの付き合いはセックスレスになった。カコは光弘の女装ライフ・アドバイザー役にハマり、来るたびに女の子らしくさせてしまうので、そんな気になれなくなったと言うのだ。

「でも、彼氏のときより今のほうがずっと、みっくんとは友達って感じがして、好きだよ」とも。

そのうえ、カコはネットで女装サロンを見つけ出し、同行して見学したいからと光弘に入会を迫るのだ。そこでおしゃれの勉強をして、いずれは男女を問わずスタイリングできる自分の店を持ちたいそうだ。

なんだかなあ。でも、いいや。おかげで、いいこともあった。

この間、届け先の不動産会社のおばさんに感心された。

大震災以来、節電とガソリン節約のため、夏の間は半パンでの作業が許されるようになった。だが、光弘のように、すね毛まで剃っているドライバーは珍しい。

「こんなおばさんでも、ごわごわのすね毛見るの、イヤだもの。若いお嬢さんなんか、目のやり場に困っちゃうわよねえ」

おばさんは荷物の開梱に取りかかるOLさんに話を振った。OLさんは目をパチパチさせて、ごまかし笑いを浮かべた。

「だから、あなたみたいにそこまで気を遣ってる人見ると、感動しちゃう」

すね毛剃りは女装者の常識なのだが、ほめられてしまった。

「いや、まあ、サービス業ですから」

一応謙遜したが、内心は嬉しいというよりおかしくて、ニヤニヤした。女装趣味のおかげで、得することもあるんだなあ。

ホクホクしながら車に戻る途中、携帯にメールが入った。カコからだ。カラオケに行こうという誘いだ。ただいまカコは、ピンク・レディー全曲制覇に燃えているのだ。こうして名曲は受け継がれていくのだな、よしよし。

宇宙人でもモンスターでも「それでもいいわ」と言ってもらいたい人は、一杯いる。そして、そう言ってくれる人も、この世には確かにいる。それを信じられる。

だから、ＵＦＯに乗ったモンスターのままで、行くぞ、まっすぐに。

Don't Worry Monster

わたしだって、いつかはプリキュア

宅配男子の半パン姿にドキドキする二十二歳。

であるべきなのに、谷原唯花《たにはらゆいか》は何も感じない。

感じない自分が可哀想なだけ。だって、そんなの、半分死んでるようなものじゃない。

折しも、宅配男子と入れ違いにドアから入ってきたガキヌマが、チラリと唯花に目をやって
「仕事中に、ヘラヘラすんな」と一喝した。

ヘラヘラしていた自覚なんかみじんもないが、怒られたから唯花は「すみません」と小声で謝った。

宅配男子相手にヘラヘラしていた張本人の美津子《みつこ》おばばは、今や素知らぬ顔でデスクについて「仕事で頭が一杯」の顔をしている。二人いるパートOLも一足先に戻っていた営業マン二人も、電話をかけたり、コピー機に向かったり、それぞれ多忙を装って、とばっちり予防のガードを張った。

いつものことだ。唯花は、ガキヌマのかんしゃく玉破裂の的として雇われたのだから。

地域で古参の不動産仲介業者トミモトは、人員コストを極限まで抑えている。

営業マン八人に対して、事務方は四人。それも正社員は経理のベテラン美津子おばばと、営

業アシスタントの唯花だけ。あとはパートだ。

八人にアシスタント一人。そりゃ大変でしょう、と同情されるが、八人全員のアシスタントのほうが楽かもしれないと、唯花は思っている。それなら、××さんの用事で忙しいからと他の人の要請を断ることが堂々とできるだろう。

ところが、唯花をこき使うのは営業部長で、名前をもじってガキヌマと陰で呼ばれている柿《かき》沼《ぬま》一人だ。部下たちは、下手に唯花に用事を頼むとガキヌマにこっぴどく叱られるので遠慮している。

世襲の四代目社長はお坊ちゃまで、トップ営業に頼りきり。ガキヌマはトミモトの帝王なのだ。

就職してからこっち、楽しかった日が一日もない。転職したいと毎日思う。だが、思うだけだ。


就活で二十社以上に蹴られたうえ、秋就職でも冬就職でも空振り続きで、とうとう年を越し、あれよあれよという間におひな祭りが近づいた。

このままでは就職浪人だ。そうなったら、ますます社会人デビューが難しくなる。焦りまくった唯花に、父親が「もしかしたら、頼めるかもしれない」と持ち込んだのが、今の仕事だった。

唯花の両親は、トンカツ屋を切り盛りしている。曾祖父《そうそふ》の代から三代目で、こっちも世襲だ。

だが、祖父が四階建てのビルに建て替え、二階と三階をテナント貸しとしたことから、町内一帯をエリアとするトミモトと縁ができた。

それで、出入りのトミモト営業マンと雑談しているとき、アシスタントの女の子が辞めたと聞いた父が、「実はうちの娘が就職難民で」とそれとなく打診してみた。すると、すぐに面接に来てほしいと連絡があった。

トミモトのオフィスビルは八階建てで、けっこう大きな会社に見えるが、一階が駐車場、二階がオフィスで、三階から八階まではウィークリーマンションとして稼働させていた。

オフィスは商談用の部屋が大小二つあるのみで、間仕切り一つないオープンスペースにデスクが並んでいるだけ。ＯＬの制服は古くさい紺色のベストとスカートだ。

就活で立派なオフィスばかり見てきた唯花には、気の滅入《めい》る光景だった。おまえなんか、この程度なんだよと言われた気がした。

でも、実際、そうでしょ。唯花は自分に言った。ここだって、下手したら断られるかもしれないのよ。

面接は社長とガキヌマの二人が行った。主にしゃべったのはガキヌマで、そのときはものすごく感じがよかった。

「営業アシスタントは言ってみれば、秘書なんですよ。求めたいのは性格のよさです。気立てがいいのが、なによりです」

大きな声で話し、快活に笑う。よさそうな人。そう思った唯花はほっとして、微笑《ほほえ》んだ。

そうよ。知名度とかオフィスの見た目とかに囚《とら》われていたから、就活に失敗したんだ。仕事は中身よ。ここを「ぱっとしない会社」と思うなんて、働いている人に失礼だ。

あがり症でおどおどしているから、面接で全滅したのだ。自分の欠点をいやと言うほど思い知らされている唯花は、一生懸命元気よく振る舞った。そうしたら、その場で「どうです。うちで働けそうですか」と訊《き》かれた。

「うちは人員が足りているので、基本的に新卒の求人はしてなかったんですよ。このたびは、たまたま一人退職したので、中途採用扱いで募集をかけようかと思ってたところでね」と、社長はすぐにでも来てほしそうな口ぶりだ。

まだ三月だが、そこは研修生ということで、とかなんとか社長はさらに言ったが、そこでガキヌマが「それじゃ、彼女が可哀想だ」と言ってくれた。

「残り少ない大学生活を楽しみたいでしょう。だから、四月一日からでいいじゃないですか」

社長は「部長がそう言うなら」と了解した。唯花は、理解と包容力があるいい人の下で働ける自分の幸運に感謝した。

かくて、去年の春からの長い長いトンネルから、ようやく脱け出した二〇一一年の三月十一日金曜日。友達と祝就職のランチビュッフェではしゃいでいたとき、あれが起きた。

ニュースがレストラン内を駆け巡り、のんきに食事をしていた客全員がワンセグを見せ合って浮き足立った。

いてもたってもいられず、唯花は家に帰った。ちょうど昼営業が終わったところで、両親も店を閉めてテレビにかじりついていた。

津波がことごとなげに陸地を覆っていく空撮映像は、あまりのスケールに現実感がなかった。「なに、これ」「やめて、止まって」と、うわごとのような言葉が勝手に口から漏れ出た。

その後、建物の屋上に取り残された人たちがいることや、電気も水道も止まり、暖房も食べ物もない避難所の様子が続々と報道された。それに原発事故が加わり、二十一世紀の日本で凍死や餓死の危機にさらされるたくさんの人がいるとわかっていながら、ただ見ているしかない無力感に打ちのめされた。が、すぐに、何か、しなくちゃ――、と、めちゃくちゃに、胸が騒ぎ始めた。こんな体験は、初めてだ。阪神淡路大震災のとき、唯花はまだ五歳。何にも覚えてない。

唯花は毎日毎晩、ネットに張りついた。そこには、悲観的なものから楽観的なものまで、ありとあらゆる普通の人々の感情が溢《あふ》れていた。

折しも、唯花がときどきナチュラルソースのサプリやクリームを買っているネットショップが被災地に直接物資を送る手段を発信し始めた。

家族全員でクローゼットを開け、冬物衣料や毛布を段ボールに詰めた。それだけでは足りず、街に出てスーパーを巡り歩き、ウェットティッシュ、使い捨てカイロ、賞味期限の長い菓子類など目についたものを買い込み、ギュウギュウ荷造りした。

ネットショップのサイトでは、『スタッフ中山の被災地ワーク』というブログが開設され、さまざまなＮＰＯやボランティアグループからの情報が日々更新された。唯花はその要請に従って下着類やソックスを買っては、毎日のように送った。

まるで、熱に浮かされたようだった。それは、唯花だけではなかった。スーパーというスーパーに同じような客が溢れ、棚がからっぽになった。

どこかお祭りに参加しているような、言うに言われぬ興奮状態が三月一杯は続いた。その後も被災地の過酷な状況はまだまだ続いたのだが、谷原家の熱は竜頭蛇尾の様相を呈した。

自粛ムードのおかげか、トンカツ屋の客足が鈍った。ランチや持ち帰り弁当の客は変わりないが、夜の営業がさっぱりだ。被災者の窮状を思えば、揚げたてのトンカツにビールなんぞという贅沢はしていられない。そんな罪悪感が働いているのだ。しかし、売上げが減った業者にとって、「仕方ないですね」ではすまない。

唯花が盛り下がったのは、四月からのＯＬ生活がきつかったからだ。

ガキヌマがかんしゃく玉帝王の正体を現し、圧政を始めたのだ。

声が小さい。お茶が熱すぎる。電話メモの書き方がなってない。僕の予定はわかっているんだから、毎朝、必要な書類をデスクの上に出しておけ。僕からの電話には、すぐ出ろ。こっちの携帯にすぐ応えないときは、出られない事情があるんだから、察しろ。さっきの客への口のきき方は、なんだ。

何をしても厳しい声でダメ出しが入る。

ガキヌマはいつもピリピリしている。営業でイヤなことがあると、その怒りを社内での八つ当たりで発散させるから、こっちはたまんないよね。部下の営業マンがそう愚痴っていた。

面接時に抱いた優しい上司のイメージが真逆に裏返って、唯花は戸惑い、かつ、失望した。

みんなに「唯花ちゃん」と可愛がられ、昼休みには先輩たちと一緒にランチを食べに行く。新人らしく素直に一生懸命働いて、給料もらって、ボーナスもらって、少しずつ一人前になっていくのよ。頑張るわ。なんて思い描いていた楽しいOLライフの夢が、音を立てて崩れていく。

そりゃ、叱られたり説教されたりするのは予測していた。新人なんだから。だけど、こんな風に容赦なく怒鳴りつけられるとは思っていなかった。だって、まだ新人なんだよ。

一カ月目にトイレで泣いていると、美津子おばばがやってきて、言った。

「あの人、いちいち、きついけど、間違ったこと言ってないのよね。とりあえず逆らわないように、はいはいって頭下げてたら、それですむのよ。でも、この頃のお嬢さんは気が強いから、口答えして大喧嘩になって、この半年で二人辞めちゃってねえ。唯花ちゃんはおとなしそうだから、こういう人のほうがもつかもしれないって、わたしたちも期待してるのよ」

それで、即採用されたのか。唯花はガッカリした。慰めにならなかったと悟ったらしく、美津子おばばはさらに言った。

「柿沼さんだって、少しは気にしてるのよ。でも、イライラしてると、つい怒鳴っちゃうのよね。まあ、怒鳴って発散すれば、それでおしまいだから、いつまでも根に持ってネチっこくいじめられるより、わたしはいいと思うわよ。しっかり仕事して、柿沼さんが怒りたくても怒れないようにすればいいんだから、気を長くもって頑張ってみてよ。ほんと、慣れれば、なんてことなくなるから」

「……はい」

取り柄が一つもないんだから、ここで我慢するしかない。落とされ続けた就活体験は、唯花から自信を奪っていた。仕事が見つからない苦しさは、二度と味わいたくない。

だが、ガキヌマが怒れないような隙《すき》のない仕事をせよと言われても、そんなの無理だとわかってよ。まだ新人なのよ。

誰もそう言って、唯花をかばってくれないのがつらかった。

言われたことをやっていればそれでいいと思ったら、大間違いだ。正社員として雇われた意味を考えろ。不動産仲介や売買は、単なる物品売買とはまったく違う法律や法則がある。うちのように地域密着の場合、顧客には長い歴史があり、事情がある。一つ一つの取引に関するやりとりは全部記録されてるんだから、それを読み込め。業界全体のことを勉強しろ。不動産鑑定士の資格をとろう、くらいの意欲を持て。

実に正しい。それはわかる。だが、いっぺんに言わないでほしい。ハードルが高すぎて、ついていけないよ。それに、言い方ってものがあるでしょう。人を育てるには飴《あめ》と鞭《むち》の使い分けっていうじゃない。鞭ばっかりじゃ、ダメなんだよ！

と、ガキヌマを諭してくれる人がいてくれたら……。

唯花は会社の書庫にある不動産関係の本を読んでみた。自分でもネットで検索して買い込んで、勉強しようと努めている。でも、面白くないから、頭に入らない。自分がすごくダメに思える。この仕事、向いてないいんだ、きっと。

だが、この間、ガキヌマはこうも言った。

「このくらいのことで泣きべそかいてるようじゃ、どこに行っても通用しないぞ」

そうなのだろうか。

父親も同じことを言うのだ。

「お父さんだって、下っ端の頃は先輩に怒鳴られたり蹴飛《けと》ばされたりしたんだ。そこを歯を食いしばって我慢して、文句をつけられないよう腕をあげようと寝る間も惜しんで修業したんだよ。若い頃の苦労は買ってでもしろと昔から言うぞ。いつまでも学生気分で甘えてちゃいけない」

怒られてばっかり。慰めや励ましが一言もない。

北風ばかりで、暖かい陽光がチラリとも当たらない。

勉強して能力をつけるどころではない。唯花の神経は萎縮《いしゅく》しっぱなしで、ガキヌマの顔色をうかがい、怒鳴られると察知すると反射的に身を硬くし耳を閉じてガードを張るのが習慣になった。

気が休まらない、重苦しい日々。そこに、意外なところから救いの手が差し伸べられた。

この年のゴールデンウィークには、被災地にボランティアが駆けつけた。

唯花も行きたかったが、テレビでヘドロのかき出し作業の様子を見て、挫《くじ》けた。

こんな力仕事は、とてもできない。それも、悪臭やハエや蚊の半端ない群がりの中でなんて、絶対に無理。と、あっという間に尻尾《しっぽ》を巻いた自分に比べると、作業している人たちがまぶしかった。

被災者たちが涙ながらに、ボランティアに感謝している。その様子をテレビで見て、「えらいねえ」と感嘆するだけ。

そのうえ、父親がここぞとばかり唯花に説教する。

「見なさい。おまえは上司が厳しいと泣き言ばかり言ってるが、被災者の苦労に比べたら、贅沢もいいところじゃないか」

返す言葉が、ありません。

段ボールで仕切っただけの避難所や炊き出しの模様などが、連日報道される。あの人たちに比べたら、何不自由なく暮らしているのにブーたれてばかりの自分が情けない。ボランティアに行く気力もない。何にもできない。

唯花は無力感で落ち込む一方だった。

ところが、ゴールデンウィーク明けに、一通のメールが届いた。石巻《いしのまき》で被災した女子高校生からのお礼状だった。

支援物資の仲介をしたネットショップのスタッフ中山が転送してくれたのだ。

中山さんの添え書きによると、女子高生の家族はみんな無事だったが、両親が働いていた水産加工場が壊滅状態で再開の目処《めど》は立ってないそうだ。

Ｌサイズの下着を送ってもらって、お尻が大きいお母さんがとても喜んでいます。おばあちゃんは二枚重ねてはいています。下着を替えられるのは助かります。ありがとうございました
——という内容だった。

最後に三人の女性名が連ねてあり、それぞれの横に祖母、母と但《ただ》し書きがついていた。書いた本人はサキとある。メールアドレスも添えてあった。

嬉しくて嬉しくて、唯花は家族だけでなく、知り合いにも転送して見せびらかした。無論、サキちゃんのアドレス宛にも、即、メールした。

何か欲しいものがあったら、今度は直接送りますから、遠慮せずに言ってください。

すると、避難所にはかなり物資が届くようになったので大丈夫です、というあとに、電気は復旧しているが、携帯の充電が順番待ちなので、メールの返事がなかなかできないと書いてあった。

唯花は張り切って、乾電池仕様の充電器を手に入れ、避難所内のサキちゃんに送った。

それが届いた証拠に、すぐにお礼のメールが届いた。それからも引き続き、一週間に一度の割合で、彼女からの通信があった。

タレントの誰それが来て握手してくれたとか、インド人が来て本場のカレーの炊き出しがあったとか、大学生ボランティアが勉強を見てくれるとかの一言情報だ。

それだけだったが、唯花は浮かれた。サキちゃんからのメールが来ていないか、チェックす

るのが毎日の楽しみになった。あちらからは一行でも、こちらからはテレビで見た避難所の様子などの感想を書き込んだ長々しい返信メールを送った。いつのまにか、それだけがガキヌマに怒鳴られる苦痛を癒《いや》す薬になった。

こんな自分だって、ちゃんと役に立っている。感謝されている。その喜びの大きさはたとえようもなかった。

被災地慰問に行った有名人がよく、「逆に励まされた」と言っていた意味がよくわかる。

『わたしはダメダメＯＬで毎日怒られてばかりだけど、サキちゃんが頑張ってるんだもん。負けないように頑張ります』

そんなことを書くようになった。

サキちゃんとのやりとりは次第に、唯花が発信、彼女が返信というペースになっていった。返信がなかなか来ないと焦《じ》れたが、しつこくしないように気をつけた。それでも、震災一周年の三月に『もうすぐ高校三年生ですね。いろいろ大変でしょうけど、頑張ってね』と送ったメールへの反応がまったくないのには耐えきれなかった。

進路のことで悩んでいるのだろう。それにしても、無視っていうのはないんじゃない？

たまりかねて、唯花は中山さんに相談のメールをした。すると、こんな返事が来た。

『仮設住宅にいるサキちゃんと会って、話しました。彼女は、自分は全然頑張ってないし、頑張る気にもなれない。前向きになれず、どうしたらいいのか全然わからないのに、頑張っているとか頑張ってねと言われるのが苦しいそうです。サキちゃんは大きな試練にぶつかっていることをお察しください。被災者の方々の心は毎日揺れています。ですが、やはり、みなさん、すごく頑張ってらっしゃいます。谷原さんも機会があれば、ぜひ現地に来て自分の目でご覧になってください。わたしは石巻にハマって、毎週末通っています。ツイッターもやってます。いろいろ面白いことがありますから、興味があったら遠慮せず、連絡してくださいね。中山美恵子』

心のこもった内容だ。なるほどと思った。けれど、唯花は落ち込んだ。

わたし、ウザいんだ。

サキちゃんを守るプリキュア気取りで、自分だけ喜んでたんだ。

テレビも電話も復旧してなかった時期、唯一の双方向通信の手段となったFM放送で被災者からのリクエストが殺到したのは、『アンパンマン』と『プリキュア』の主題歌だったそうだ。

そのニュースに触れたとき、唯花の唇から歌が漏れ出た。

「一難去ってまた一難　ぶっちゃけありえない!!」

歌える。七年前、毎週日曜の朝、当時八歳の妹と一緒に歌った『ふたりはプリキュア』のオープニング主題歌。

主人公なぎさとほのかは中学生だが、ファンの中心は小学生の女の子たちだった。中学生ともなれば、女の子たちはアニメなんか卒業する。実際、唯花も妹のお守りを言いつけられて、付き合いで見始めたのだ。

だが、すぐに夢中になった。

なにしろ、普通の女子中学生が戦士に変身して、闇の世界のしもべと闘うのだ。

そして二人がしっかり手をつないだとき、プリキュア・マーブル・スクリューが発生して、敵をぶっ飛ばす。

唯花は妹にせがまれて仕方なく、というポーズを作りつつ、プリキュアごっこで決め台詞《ぜりふ》を叫んだ。

「プリキュアの美しい魂が、邪悪な心を打ち砕く！」

人に見られたら最悪に恥ずかしい。でも唯花には、ちゃんと言い訳があった。

『ふたりはプリキュア』は、普通の女子中学生らしい悩みを描いている。

なぎさはスポーツ万能で、ほのかは優等生。そんな二人でも相手との関係性に戸惑い、プリキュアとして力を合わせて闘うようになっても、互いを友達と思って接していいのかどうか、計りかねるのだ。

わたしたちって、友達なのかな。相手がどう思ってるのかわからないのに、馴《な》れ馴《な》れしくして嫌われるのはイヤだし……。

この感じは、まだ八歳の妹にはわからないよ。と、当時十五歳の唯花は思った。

自分は他人にとって、価値のある存在なのか。

唯花はずっと、それで悩んできた。何の取り柄もない自分だから、人に合わせて、ついていかなきゃ、友達の輪に入れてもらえない。

そう思っていたが、プリキュアはどんな少女でも友達関係で悩むのだと伝えていた。でも、気持ちをひとつにできるから、手をつないで闘っていけるのだ。大事なのは、力を合わせること。プリキュアはそれを教えている。

お互いピンチを乗り越えるたび、強く、近くなる。

だよね。だよね。そんな風に人とつながって、生きていきたいよね——。

十五歳のときに抱いた願いは、その後のぱっとしない生活の中でどんどん色あせ、社会人一年生の時点ではどこにも見当たらなくなっていた。

それが、被災地支援をしているうちに蘇《よみがえ》った。

わたしはこの人たちと力を合わせて、頑張ろうとしてるじゃない。普通の人間がプリキュアになるって、こういうことよね。

十五歳のときの夢を叶《かな》えた。そう思って、幸せだった。

それが、サキちゃんにウザがられたことで一気にしぼんだ。

ほら、ごらん。つながってるなんて、勘違いもいいところ。ウザがられるくらいなら、何もしないほうがよかった……。

中山さんの被災地ブログやツイッターは、スマホですぐに呼び出せるようにしてある。けれど、唯花はフォローすることさえ、やめた。

何も見ない、何も聞こえない、何も感じないように神経をスリープさせる。それもサバイバル方法かもしれない。

ガキヌマが怒鳴るたび、唯花はうなだれ、頭の中で鼻歌を歌った。

DATTEやってらんないじゃん。ストレスよりロマンスでしょ?!

『ふたりはプリキュア』のクロージングテーマだ。同じところのリフレイン。ただ時間つぶしに歌っているだけで、意味なんかない。

やってらんないじゃん、のところが心境にシンクロしているから、呪文《じゅもん》のように繰り返し歌うのだ。そうしたら、ガキヌマの怒鳴り声も遠くの雷鳴くらいに縮小できた。

やっと、そんな風に落ち着いてきた。これでいけるかなとぼんやり思っていたのだが、九月に入ってガキヌマのイライラが倍加し、八つ当たりがひどくなった。

顧客の土地売買にからむことになった大手不動産開発業者の営業マンが、やたらと格上風を吹かす。帝王を決め込んでいたガキヌマが主導権を握られ、口出しを許されない状況に甘んじるしかない。

大手(が、社内での通称になった)との同行営業が終わったあとのガキヌマは目まで赤くして、全身トゲだらけだ。

他のみんなは、できるだけ触らないように遠回りできる。だが唯花は、そうはいかない。ファイルをデスクに叩きつけられる。言いつけられた用事をこなすたび、「早くしろ」「グズグズするな」「何やってんだ」と叱責《しっせき》される。自分が腹立ち紛れにゴミ箱を蹴飛ばしておきながら、床に散乱した紙くずを指さして「こんなに溜《た》め込むな」と怒鳴られる。ついには「なんだよ、その仏頂面は」と、顔にケチをつけられた。

「嘘でも、コーヒー持ってくるときくらい、笑顔になれないかね。ＯＬなんか、可愛くてなんぼだろうが」

気の強いＯＬなら、すぐにもセクハラだかパワハラだかで徹底抗議に持ち込める言いがかりだ。だが、神経スリープ状態の唯花は、まじまじとガキヌマを見つめるだけだ。

美津子おばばが噴き出して「柿沼さん、それは言いすぎよ」と言ってくれて、ガキヌマも多少、気まずそうに目をしばたたいた。

すると、どういうわけかスリープが解除されて、唯花の口が勝手に開いた。

「じゃ、辞めます」

あら。なに、これ。誤作動？

でも、あわてもしない。「辞めます」モードでフリーズした感じ。

ガキヌマは眉間《みけん》にしわを寄せたが、何か言う前に電話がかかってきた。そして、通話が終わると上着をひっつかんで足音荒く出ていった。

唯花はロボットのような無表情でデスクに戻った。オフィスに微妙な空気が流れている。美津子おばばがやってきて、「今日は定時で帰りなさい。ちょうど金曜日でよかったわ。柿沼さんも言いすぎを自覚してるから、あなたも休みの間に、頭冷やして。何もなかったような顔してれば、いいから」と囁《ささや》いた。

「はい」

しごく淡々と答えられた。そして、目の前にある仕事をこなし、定時に引き上げた。

外気に触れたせいか、頭は少しずつ正常起動し、ものを考えられるようになった。それで、スタバに寄り道した。

家に帰れば、家族と口をきかなければならない。会社を辞めると告げたら、唯花を心配しつつ持て余している両親がどんな顔をするか、心の内まで想像できる。

一緒にプリキュアを見ていた妹は今や女子高生。ヒップホップダンスに夢中で、ボーイフレンドもちゃんといて、おとなしく家にいたことがない元気一杯ぶりに、両親は目を細めている。成績はたいしたことなくても、一人でチャッチャカ行動するバイタリティが頼もしい。それに比べて姉なのに、もう社会人なのに、唯花ときたら……。

辞めて、どうする気？

そう訊かれるだろうな。

仕事、探す。と、答える。それしかない。でも、そうしたらまた、あの仕事探しの焦燥感、無力感の息苦しい袋小路にはまり込むわけで――。

あーあ。自分でもガッカリ。

ただ時間をつぶすために、スマホを開けた。惰性で検索した中山さんのツイッターでは、『今週は半端なくきつかった。でも、週末に石巻に行けば元気復活。これが、わたしを走らせるために鼻先にぶら下げるニンジンである』として、海鮮丼の写真がアップしてあった。石巻か。今、どうなってるんだろう。報道もめっきり減って、こちらの興味も薄れた。今と比べると、あのときは元気だったなあ。

何かしなくちゃ。何かしたい。その気持ちで一杯になり、ひたむきに行動した。そうしたらサキちゃんに感謝されて、人生最高に嬉しかった。

わたしだって、人を助けられる。プリキュアになれる。そう思えた。

それなのに今はまた、何もできないダメな唯花に逆戻り。

ひょっとして被災地に行ったら、と、唯花は思いついた。

すっごく大変な様子を見て、「わたしのしんどさなんて比べものにならない。もう一度頑張ってみよう」と考え直せるかも。

だって、本当は「辞める」と口に出してしまったことを、ものすごく後悔しているのだ。二年と持たずに退職した前歴では、再就職が前にもまして難しくなるもの。

だからといって、美津子おばばが言うように「何もなかったような顔」で出社する自信もない。

本当にダメな唯花……。

底まで落ち込みかけたとき、もっと深いところから声が聞こえた。

本当？　本当にわたしはどこまでもダメなやつでしかないの？

一度はなれたプリキュアに、またなる方法はあるんじゃないの？

たとえば被災地に行って、飲食して、お土産を買う「お客さん」になるのも支援だよね。トンカツ屋の両親が笑顔になるのは、お客さんが来たときだもん。働いて入金がある。それが一番の励みになるって、お母さんがいつも言ってる。

ああ、でも、それって、利己的っぽい。

そんなことで行くんじゃ、動機が不純だよね。

だけど、実際行けば、被災地で働いている人の収入にしてもらえるし。

右へ、左へ、気持ちが大きく揺れる。

自分が何を欲しているか、はっきりしないまま、唯花は中山さんにメールした。

『わたしも明日、石巻に行こうかなと、ちょっと思ってます』

すると、すぐに返信が来た。

『ぜひぜひ！　夕食ご一緒しましょう。石巻の魚を出す、おいしい居酒屋があるんですよ。一泊するでしょう？　わたしでよかったら、ご案内もできますよ！』

！マーク付きで歓迎されて、あとに引けなくなった。中山さんは、アクセス方法を教えてくれたうえ、ホテルの紹介までしてくれた。

アクティブな人って、何をさせても早いなあ。

感心しつつも、「あーあ、こういうことになっちゃったよ」と後悔もあった。

自分で制御できない力に流されて、はっきりした目的もないのに単なる思いつきで、ぐいぐい行動する人の尻尾につかまった。

石巻に行って、何がどうなるというのだ。

でも、少なくとも中山さんは、唯花が行くのを喜んでいる。歓迎してもらえるだけでも、行く価値、あるじゃない？

土曜日の夕方、石巻に着いた。在来線に乗っているとき、中山さんからメールが来た。ホテルで五時に落ち合って、すぐに近くの居酒屋へという予定だったが、三十分くらい遅れるので先に行って食べながら待っていてほしいという内容だった。

一人ご飯もできない唯花には、一人で居酒屋に入るなど、崖から飛び降りろと言われたようなものだ。だが、中山さんは『人気の店ですぐに満席になってしまうので、席を取っといてください』と書いてきた。これはミッションだ。

唯花はビクビクしながら引き戸を開け、「待ち合わせです。あとから、一人来ます」と、ことさら明るく告げた。

小学生の頃から、お昼を誰と食べるかが大事なテーマだった。「唯花ちゃん」と呼びかけられ、仲間に入れてもらえるよう、決して出すぎず、かといって孤立せず、いつも群れの中にいるように心がけた。ひとりぼっちになりたくなかった。

大人になってからもずっと、映画を見に行くとか小旅行とか会食とか飲み会とか、仲間内のイベントに誘われると、万障繰り合わせて参加した。会話の内容に懸命についていき、相槌《あいづち》を打ち、一緒に笑った。

楽しかった。楽しいと思った。みんなと友達だから。友達として、誘ってもらえるから。

今だって、そうだ。

わたしはひとりぼっちじゃありません。そう発信するつもりの笑顔で、「とりあえず焼酎の水割りとお豆腐ください。お刺身の盛り合わせは連れが来てからにします」と、わざわざ待ち合わせを強調して注文した。

五時を十五分過ぎたあたりから、続々と人が入ってきた。唯花と同じくらいの年齢のグループだ。賑やかにしゃべりながら、小上がりの席を埋めていく。人が増えるにつれて音量がアップして、場が二倍くらい明るくなった。

唯花は「わたしは待ち合わせ」のポーズを固めるため、スマホを開いたり引き戸のほうを見やったりしてみたが、誰の注意も引いていないことは明らかだ。

六時前に中山さんが駆け込んできた。お互いの顔は画像を送り合っているから、すぐにわかる。ショートカットの丸顔に眼鏡をかけた童顔三十路《みそじ》の中山さんは、「ごめんなさーい」と言いながら走り寄った。そして、座るやいなや、しゃべり出した。

被災者の足として車を貸し出すＮＰＯの代表が明日、資金集めのため神戸に行くのに同行する。なので、明日の唯花の案内は地元の人が代わってくれることになった——。

唯花がポカンとしているのを見てとると、中山さんは「あちゃー」と、自分で自分の額を叩いた。

「ごめんなさい。わたしったら、ろくにご挨拶もせずに。でもね、谷原さんが来てくれたのが嬉しくて興奮しちゃってるんですよ。時間が経《た》つにつれて、誘っても被災地まで足を運ぶ人が減ってきてるもんですから。一度、自分の目で見たら違うんですけどね」

「わたしは、まだ来たばかりですけど」

とりあえず感想を言う必要を感じて、唯花は口を切った。

「ここにいる若い人たちが明るくてパワフルなんで、驚いてます。いつも、こんな感じなんですか？」

「ここはね、毎晩、千客万来」

タコの刺身を頬張った中山さんが、頷《うなず》いた。

「でもね、繁盛してるのは、他に集まるところがないからなんですよ。集まって、しゃべって、笑えるところがね」

あっと思った。まだ駅周辺しか見ていない。舗道には亀裂《きれつ》の痕跡《こんせき》があり、ホテルまでの道すがらにも空き地がたくさんあった。だが、駅前の商業施設は普通に営業していた。比べる材料がテレビで見た瓦礫《がれき》だらけの荒廃した光景しかないせいで、思ったほどひどくないと感じていたのだ。

中山さんは若者グループに目をやった。

「こうして見ていると、普通の飲み会ですよね。みんな楽しそうで。でも、この子たち、避難所や仮設に帰っていくんです。仕事場や友達や家族をなくしてるんです。なにより、千年に一度のものすごい災害を生き延びてるんです。それなのに、被災しなかったわたしたちと何も変わらないように見えるでしょう?」

「……そうですね」

「被災者の方たちって、すごいんですよ。わたし、いつもそう思います。あ、でも、谷原さんには自分の感覚で感じてほしいから、もう、しゃべるの、やめますね」


翌日の午前中、ホテルに迎えに来てくれたおばさんが運転するワンボックスカーで、門脇《かどのわき》から女川《おながわ》、渡波《わたのは》、湊《みなと》地区を案内してもらった。

一帯全部が壊滅状態となった門脇地区は住宅制限地域になるのか、瓦礫が片付けられただけで何もない。

その一角に『がんばろう石巻』と大書した立て看板と花束が並ぶ献花台と鎮魂の灯をともしたランプなどを設置し、きれいに整備された場所があった。おばさんは持ってきた花を手向けた。

お供えに思い至らず、手ぶらで来た自分が、唯花は恥ずかしかった。これだから、ガキヌマに気がきかないと怒られるのだ。

そこには高いポールがあり、ここに来た波の高さ、六・九メートルが記してあった。

この場所から海のほうを向いても、水面が見えない。ずっと先まで、家の痕跡を残す空き地が続くだけだ。

それなのにあの日、海全体が六・九メートルの高さの壁となって押し寄せたのだ。

想像してみようと思ったが、無理だった。あまりにも巨大すぎる。

これが自然というものなんだ。人間は、なんて小さいんだろう。

続いて、少し先にある門脇小学校に行った。校舎は形をとどめているが、三日三晩燃えたという火災の跡が生々しく、一年半が過ぎているのに、まだかすかに焦げ臭い。上半身だけになった二宮金次郎像が置かれたここの献花台も、枯れたりしぼんだりした花が見当たらない。毎日、お参りにやってくる人がいる証拠だ。

おばさんは花を手向けたあと、「わたしもここには、初めて来ました」と言った。

「谷原さんをご案内する役をいただいて、やっと、こうしてお花を捧げることができました」

『がんばろう石巻』の看板があるあたりで三人の子供をなくした母親は、いまだに足を向けることができないそうだ。

何も言えなかった。手を合わせて目を閉じても、鎮魂の言葉が浮かばない。「安らかに」と、簡単に言えない気がした。

女川では、瓦礫が片付けられた中に残された、完全に横倒しのビル二棟を見た。

それでも、かつての姿を知らない唯花には、ここに駅と商業施設とたくさんの住宅があったことすら信じられなかった。さんざん映像で見たのに、実際に示されると、あそこまで水が来たと教えられた高さがあまりにも途方もない。最初から何もなかった土地のようだ。「根こそぎ」とは、このことだろう。

けれど、よく見るとあちこちに、服が一枚、スニーカーが片方という風に小さく小さく、暮らしの形見が転がっているのだ。

おばさんがあの日逃げ込んだ渡波の避難場所には三百人の被災者がいたが、県が把握している避難所ではなかったため、支援物資がすぐには届かなかった。被災者たちが胸まで水に浸《つ》かりながら家に戻り、米と鍋と水を持ち寄って三百人分のお粥《かゆ》を作って、しのいだそうだ。自衛隊がやってきたのは、四日目だったという。

「被災直後は大変だったけど、人間って強いと思いましたよ」

おばさんはニコニコと語った。

海を見晴らせる日和山《ひよりやま》公園で降ろしてもらった。避難所生活の用を足す足として共有されている貴重な車とガソリンを、唯花一人のために提供してもらったのだ。

「わたし、もっと早く来て何かすることもできたのに、今頃になって……。ただの野次馬で恥ずかしいです」

涙っぽくなりながら、言った。

「そんなことないですよ。こうして、気持ち傾けてくださるだけで、ありがたいです」

労《いたわ》られてしまった。この人たちのほうがよっぽど、プリキュアだ。

そこからは、一人で行動した。

日和山公園の展望台には旅行客らしき少人数のグループがいて、地元の人から話を聞いていた。仮設の商店街に向かう道には、唯花と同じようにネットからダウンロードした地図を持った青年や中年の夫婦がいた。

仮設商店街で海鮮丼を食べ、午後からは徒歩で行けるマンガロード周辺を巡った。マンガロードから北上川沿い周辺では、残った建物と空き地がモザイクを作っている。けれど、あちこちに重機が入り、少しずつ空き地が埋まっていくことを思わせた。そして、更地の向こうに見える海はゆったりと青く大きく、お母さんの微笑みのように優しく、キラキラ輝いていた。

帰りの列車は七時台なので、その前にまた居酒屋に寄ってみた。今度は完全な一人飲みに挑戦だ。

きょうも、五時過ぎくらいからどんどん客がやってくる。工事関係者らしいジャンパーを羽織った二人連れもいれば、カップルもいる。だが、やはり、若いグループ客が多い。

「はじめまして、ですよね」と男の子が言い、「あ、はい。○○さんと同じ会社の××です」とうわずった声で女の子が答えている。

合コンだ。唯花はニッコリした。

震災を乗り越えて、合コンしてる。頑張れ、頑張れ。

ひとりぼっちで刺身の盛り合わせに焼酎の水割りなどを飲んでいるのに、わびしくも寂しくもない。誰も唯花のことを気にしていない。それがつらくない。

レジで支払いをしているとき、横を通る女の子二人が交わす言葉が耳に入った。

「代行で仮設に帰る」そうだ。

丸一日の滞在で、通りすがりにこの種の会話を耳にした。

街角の立ち話で、おばさんが「もうギリギリで助かったんだけど、そのあと生き残ってよかったのかってふさいでばかり」のお嫁さんのことを気遣《きづか》っていた。

空き店舗でコミュニティスペースを運営しているNPOのおねえさんが、中をのぞき込んだ唯花を招き入れ、「みんなでお茶っこできる場所が欲しくて、始めたんです」と話してくれた。

仙台駅までの在来線車中で、中学生くらいの男の子が「あしなが育英奨学金がもらえるらしい」と、普通に話していた。

とてつもない破壊の痕跡が生々しい。復興のふの字もない土地が広がっている。そんな非日常の中で淡々と営まれる日常。

あの印象を一言で言うなら、やっぱり「強さ」かな。

頭の中で、中山さんが「そうでしょう。面白いでしょう」と言うのが聞こえた。

居酒屋で「もう、しゃべらない」と言っておきながら、彼女はやっぱり滔々《とうとう》と語ったのだ。

「千年に一度の災害に立ち会ってるんですよ、わたしたち。こんなこと言うと不謹慎だって怒られるんだけど、でも、わたしはやっぱり、すっごく面白い。被災地と被災者は、世界一のドラマを生きてるんですよ。これから街がどんな形で再生していくのか、どんな展開になるのか、全然読めない。だからこそ、ハラハラ、ドキドキ、ワクワクが一杯ある。だから、わたし、ハマっちゃったんです。ここって、これから何かが生まれてくる気配っていうか、なんか特別な神秘的なパワーがむき出しになってる感じがするんですよ。わ、また熱く語って、どん引きさせちゃった？」

自分が何を感じたのか。じっと考えてみても、よくわからない。

でも、硬直していた心が石巻にいる間にほぐれて、フワフワになった。フワフワしすぎて、つかめないくらい。

国内旅行なのに海外旅行みたいな。別の世界にいたような。不思議な感じ。


月曜日、お土産の石巻の笹かまぼこを三時のお茶請けに出した。

「辞めます」宣言は、なかったような顔ができた。美津子おばばたちもホッとした様子で、「石巻行ってきたの」「どうだった？」と、唯花の機嫌をとるような調子よさだ。

唯花はデスクにじかに腰掛けているガキヌマにも、詰め合わせの箱を持っていった。好きなものを選べるようにという思いからだ。しかし、ガキヌマはそれを見下ろして「フン」と鼻を鳴らした。

こんな時間にガキヌマがいるのは、同行を約束した時間に大手が遅れると連絡してきたからだ。待たされるのが大嫌いなガキヌマは、いつにも増してトゲトゲしい。

「絆の大安売りには、正直、うんざりだよな」

あ、そ。要らないのね。すっと、そう思った。

唯花は軽く肩をすくめて、その場を離れた。

ガキヌマは何か言いたげに口を少し開けたが、すぐにつぐんだ。大手がいつ戻ってくるかわからないから、ただちに爆発するわけにいかないのだろう。

それにしても、わたしの態度、ちょっと大胆だった？

唯花は自分で自分に驚いた。

表情も変えず、ガキヌマのトゲを受け流したんだよ。

わたし、どうしちゃったんだろ。

不思議な気持ちを反芻《はんすう》していると、ドアが勢いよく開いて大手が入ってきた。

「もう、参ったよ。果てしなく話を巻き戻すじいさんでさ。今日は三十分延長ですんだんだから、ましなほうだよ」

陽気にペラペラしゃべるが、謝罪の言葉はひとつもない。

ガキヌマのこめかみに青筋が立っている。だが、歯を食いしばり「じゃ、行きましょうか」と、大股《おおまた》でドアに向かうガキヌマの横からひょいとこちらに視線をよこした大手は、「お、笹かまじゃん」と言うなり、唯花のデスクにやってきた。

「石巻のだろ。笹かま界ではトップブランドだよね。うまいよねえ」

こんな風に言われては、勧めるしかない。

「おひとつ、どうぞ」

「いいの？　悪いね」

さっとチーズ入りを手に取り、その場で開封して口に放り込んだ。

唯花は、ドアのところで立ち止まっているガキヌマを見やった。必死に自分を抑えているのがわかる。

ああ、我慢してるよ。可哀想に。そう思った。ざまあみろ、ではなく。

お山の大将のガキヌマが、プライドを踏みにじられる屈辱に懸命に耐えている。

ガキヌマの顔色をうかがうのに必死だった頃は、何も見えなかった。でも、今は見える。

大手は「さ、行きますか」と、軽く身をひるがえして、ガキヌマを一顧だにせず外に出た。

これでまた、帰ってきてから荒れるぞ。

残されたオフィス内に、そんな目配せが飛び交った。だが、唯花の心は重くならなかった。

ガキヌマが帰ってきたら、熱いお茶に笹かまぼこを添えて出そう。

「お疲れ様でした」と、深々と頭を下げてみよう。

ガキヌマがどんな反応に出るか、そんなことはどっちでもいい。ただ、そうしてあげたい。

お疲れ様でした。それがガキヌマには必要な言葉だと、わたしにはわかるから。

何か、変わった？

何か、見つけた？

わからない。でも、石巻のせいかも。他に理由を思いつかないもんね。

あそこには何か特別なパワーがある。中山さんが言っていたことは、本当かもしれない。

ジャアクキングにプリズムストーンを奪われて廃墟になりかけている光の園。それって、被災地に重ならない？

そこから放たれる光の力が、みんなが胸に秘めているプリキュアの美しい魂、別名「思いやり」を呼び覚《さ》ますのよ。

今のわたしは役立たずだ。ガキヌマがイライラするのも当然だ。

でも、「努力中なんだから、せかさないで。焦らせないで」と言うことはできる。「わたしも我慢するから、あなたも我慢してください」と、ちゃんと言おう。笑顔でね。

笑う門には福来たる、でしょ。ネガティブだって、ぶっ飛ぶのよ。

そして、ちょっとずつ、ちょっとずつ、進化していく。

可能性。

その言葉が見える。自分にも、被災地にも。

Don't Worry Monster

真夏の果実はかじりかけ

不動産業界は魑魅魍魎《ちみもうりょう》が跋扈《ばっこ》する世界だ。

悪名高きバブルの頃、歴史的に言えば一九八〇年代後半から九〇年代初頭、最も華やかだったのが金融と不動産業界だった。バブルを生み、育て、恩恵をたっぷり受けて大儲《おおもう》けした。

鰍沢陽介《かじかざわようすけ》は一九六七年生まれで、時代がウハウハでイケイケ真っ最中に大手不動産会社に入社した。

給料はいいし、福利厚生は抜群。個人向けに海外の不動産を売り込む事業もあったくらいで、日本人がみんなアラブの王様になったみたいな大盤振る舞いに走っていた。

夢のような時代だった。

そのあと、ツケが回ってきて、今に至るまで、ずーっと下り坂。そのせいか、バブルは諸悪の根源みたいに叩かれているが、陽介は「そんなの、八つ当たりじゃねーか」と思っている。

バブルがおとぎ話にしか思えない、不景気の世に生まれ不景気の世に育った下の世代が陽介たちを憎む気持ちは、わからなくもない。

確かに、あんな好景気は二度と訪れないだろう。つかの間の最盛期を若者として生きた幸運には感謝している。

だからといって、バブル入社組は今や不良債権として会社の重荷になっているとか、あいつらが居座っているから下の世代に椅子が回ってこないとか、ブーブー言われると腹が立つ。俺らがバブルとその後の不景気を作ったわけじゃねーぜ。

バカばっかりが大量入社したみたいに言われるが、こと自分に関する限り、会社への貢献度はたいしたもんだと、陽介は胸を張っている。

不動産の営業マンは、口が達者でなんぼだ。明るくて、スマートで、いいことばっかりスラスラしゃべる。こんな芸当、今の若いやつらにできるか？

見かけが大事なのが身にしみているのも、バブル男ならではだ。

世間なんて、見かけでしか判断しない。そんなもんだ。

ほとんどの人間は考える葦《あし》なんかじゃない。考えるのは、ヒエラルキーのトップにいる権力者だけ。一般市民は、何も考えない。人の言うことを丸呑みした途端、あたかも自分の意見のように思い込むだけだ。

そういうことが、不動産取引の仕事を通じて見えるようになった。

どうだい。お勉強しちゃってるだろ。

バブル世代はバカの集まりだと思ってもらっちゃ、困るね。

確かに入社試験は、あってなきがごときだった。けど、その後にバブル崩壊が来たんだぜ。不動産価値が暴落して、業界全体が上を下への大騒ぎだった。生き残るには、バイタリティってものが必要だった。俺らには、それがあった。

ところが、最近の若いやつときたら――。

今や勤続二十年を超え、土地開発部門の地域マネージャーである陽介は、若手社員の多くが不動産業の泥臭い部分に耐えきれず、二年ともたずにつぶれていくありさまに辟易《へきえき》している。

ま、不動産業は泥臭い部分が九割だけどな。

給料のいい会社ってな、そういうもんだ。金融業界だって、そうだ。汚い仕事だから、報酬がいい。昔から、そうだ。

陽介は、業界の汚さに触れても怖《お》じけなかった。

取り扱い商品が地べたただ。人が手をかけて、無から生み出した産品ではない。たまたま、そこにあるものを、安く買って高く売る。で、利ざやを稼ぐ。それが不動産業だ。そして、できるだけ安く売らせ、できるだけ高く買い取らせるために必要なのは、口先の技術だ。

千に三つしか本当のことを言わない千三つ屋。不動産屋と金貸しは、そう呼ばれる。三つは本当のことを言うから、犯罪にはならない。

この土地は大規模な開発計画が進行中だから、今買っておけば十年後には倍の値段で売れますよ。

ここと別口の物件とを秤《はかり》にかけている優良な客がおり、あと少し売値を下げれば、こちらにすると言ってます。今を逃すと、ここから先はどんどん買い叩かれることになりますけど、どうします？

おおかたの客は、この手の囁《ささや》きに弱い。

現実は、この通りではない。開発計画は強硬に反対する地権者がいるから、計画倒れに終わるだろう。売却物件にしても、客のほとんどは自分の土地につけられた価格の正当性を知らないのだ。今が本当にベストの売り時かどうか、誰にもわからない。

そうだ。不動産屋にだって、わからない。

陽介は、予想される中で最良の事柄を述べているのだ。つまりは、夢を売っている。悪くない仕事じゃないか。


たとえば、今、抱えている物件はJRの駅から徒歩十分圏内であることが最大の売りの宅地で、二十五坪弱の敷地が三軒分並んでいる。

西側は青空駐車場。真ん中が二階建ての木造家屋。東側に三階建ての鉄筋モルタル塗りがあり、土地の所有者がそれぞれ違う。

駐車場は所有者が近くのマンションに住んでおり、運営を管理会社に丸投げしている。真ん中は、持ち主の老夫婦が売却して住み替えると決めたところだ。東側の家は一階で薬局を営んでいたが、ここ何年もシャッターを下ろしたきり。売却希望の客の話によると、寝たきりの母親を娘が看取《みと》って以来、空き家状態になっているらしい。

この三軒分の土地がまとまるなら買い取ると、とある筋が打診してきた、という情報が社内から回ってきた。

こういう場合の「とある筋」は、海外の投資家だったりする。日本の地方都市の小さな土地の情報が海外にまで飛んでいる。それが、この業界の面白さだ。地球を舞台に、マネーゲームが行われているのだ。

無論、情報は業界の隅々にまで行き渡っているから、話を有利に運ぶべくアプローチするのは陽介だけではない。大手の末端に連なる業者から、うまい話をかぎつけたブローカーやらヤの字系の詐欺師スレスレ業者まで有象無象がたかって、ちょっとした争奪戦になっている。

この場合、落とさなければならないのは両隣の所有者だ。駐車場のほうは、管理会社が自社の系列だからなんとかなる。だから、陽介のターゲットは東側の家だ。

この家の情報は、古くから付き合いがあるローカル不動産屋が握っている。陽介はその業者とわたりをつけ、組んで話を進めることにした。

ローカル不動産屋は大手の名前を利用し、大手はローカルの顧客密着度を利用する。うまくいったときの儲けの配分については、同業者同士らしく、だまし合いの世界だ。

それでも、仲間割れには至らない。主導権争いに時間を食って、よそに持っていかれたら元も子もない。売買交渉はスピードが肝心。相手に考える時間を与えない。これが鉄則だ。だから、とりあえずタッグを組んで、共通のターゲットを落とす。そのあとで、今度は相方の裏をかく。

これは完全なパワーゲームだ。そのことが、陽介にはたまらない。

舌先三寸で相手を丸め込むなんて、やたら高飛車な女の子を落とすことで鍛えられたバブル男なら、お手のものだ。

いやはや、あの頃の女どもはやりたい放題だったな。アッシーだのメッシーだの、男をランク付けして、いいように使い回していたものだ。そうなりゃ、こっちだって、金だけ払って見返りはなし、なんて、そんなバカを見ないように頭を働かせたもんだ。

それ一つをとっても、無能じゃバブル男は務まらなかったことは明白じゃないか。


妻の美緒《みお》を勝ち取るに当たっても、ずいぶんと金を遣った。

美緒は女子大生ミスコン荒らしで、いつもトップスリーに入っていた。そして、バイトでイベント・コンパニオンをやっていた。

コンパニオンは、死語になったなあ。キャンギャルだのレースクイーンだのも、今や「なに、それ」って感じだし。

もっとも、当の美緒も「コンパニオンって、なに?」みたいな顔をしている。セレブの過去においてミスコンはOKだが、コンパニオンはアウトらしい。

とにかく、美緒は顔とプロポーションで楽に稼ぎ、男どもをはべらせていた。

ティファニーのアクセサリーにグッチのバッグ。シャルル ジョルダンの靴。定番だが高級なブランド物を、ここぞというときにプレゼントした。クリスマスは高級ホテルを張り込んだし、誕生日の朝に薔薇の花束を宅配で贈るなんてことも、平気でやった。

ときどき、アニエスベーのワンピースなんて軽いジャブもかまして、「一生のスポンサーにするならこの人」と思わせるのに成功した。

バブル女の特徴らしいが、四十過ぎた今も美緒はちゃんと美しい。

陽介はそのことに感心も感謝もしていない。むしろ、外出となると近所のコンビニに行くだけでも気合いを入れて化粧する猛々《たけだけ》しさは、いかがなものかと思っている。もちっと、こう、優しさが滲《にじ》み出るような感じになれないものか。

それでも、妻が美しいのに越したことはない。もともと、美人だから惹《ひ》かれたのだ。それに、性格もさほど悪くない。贅沢好きで見栄っ張りだが、アルコールやギャンブルに依存するような壊れたところがない。これを買うためにこっちをあきらめる、てなことがやれる女だ。もっとも、美緒のものを買うために陽介のほうをあきらめることが多いので、たまに喧嘩《けんか》になるのだが。

夫婦の仲はおおむね、クールだ。結婚記念日も祝わない。付き合っていた頃は記念日だらけだったが、今はそれぞれの生き方を尊重し合っているというところか。

美緒はエステに行き、エクササイズに励み、フェイスブックなんぞを始めてからは会食仲間を増やして、よく出かけている。

一方、二人の子供は問題含みだ。

長男の俊《しゅん》は、名門進学校に入ったのに、高一の途中から不登校になった。中学生の長女美菜《みな》は、アイドルのトレーニングを受けるため東京に住みたいと言っている。

美緒はこれらのことを世間に隠して、完璧な家庭のふりをするつもりはないと宣言している。問題と向き合って、乗り越えていく所存だそうだ。

それは大変、有り難い。任せるから、頑張ってくれ。

それが陽介の所存だ。ところが、これがいけないらしい。

「子供のことにちゃんと向き合ってよ！」

美緒は、目尻を吊り上げる。

「あなたがそんなだから俊も美菜も、へんに屈折しちゃってるのよ。父親らしくしてよ」

俺のせいなのか？

それではとばかり、お言葉通り、子供たちのほうを向いてみれば、俊も美菜も「パパに話すことは何もない」とにべもない。「話したくない」とまで言われた。

反抗されると、腹が立つ。

育児は母親の仕事だ。名付けからどの幼稚園に行くかまで、全部美緒が決めた。ちゃんと食べさせ、いいものを着させ、いい学校、いい病院、いい習い事に通わせるために、陽介は身を粉にして働いているのだ。ほんとだぜ。

それなのに、父親のそんな苦労をないがしろにして、「話したくない」とほざくほど思い上がっているのは、母親のせいではないのか!?

と言いたいのをぐっと我慢して、「おまえが甘やかして、わがままな性格にしたってことはないのか」と、穏やかに意見してみた。

すると、美緒は鼻を鳴らした。

「子供たちのこと何にもわかってないのが、今の言葉ではっきりしたわね」

あーあ、始まった。

陽介は目の玉だけで、天を仰いだ。

美緒は攻撃されたと感じると、すぐさま牙《きば》をむいて飛びかかってくる。問題をさらけ出して正面から取り組むべく、基本姿勢が前のめりになっているせいだ。

「俊は繊細なのよ。それなのに今の先生たちって、個人の性格や能力に応じた対応がまるでできない。わたしは何度も直接話したから、知ってる。事なかれ主義で、いじめも見て見ぬふりよ。あんなことなら、フリースクールや自宅学習みたいな、もっとストレスのない環境で学力をあげる方法を探すほうがいいと思ってる。美菜だって、アイドルなんてものに憧れるのは間違いだって、言い聞かせてる。でも、抑えつけてばかりじゃダメだから、勉強を頑張ったらダンスや演技のスクールに入れると約束するとか、わたしはいろいろ考えてる。こういうの全部、友達からもらったアドバイスよ。わたしは全部さらけ出して、子供たちのために必死に闘ってる。でも、あなたは、逃げてる。少しは家族のことをちゃんと考えてるってところを見せてよ。父親としての存在感を見せてよ」

かくのごとき長広舌を振るわれる身になってみろよ。実に、うっとうしい。

「存在感は給料で見せてるだろうが。これ以上のアピールがあるか？　誰のおかげで食ってるんだ」

思わず、腹から口へストレートに出てしまった。

外で心にもないことばかり言ってるんだ。家でくらい、直球勝負したいよな。

しかし、言っていいことと悪いことがある。よりにもよって、現代においてはギャグでしかないことを言ってしまった。案の定、美緒はわざとらしく腹を抱えて笑い出した。

「ウッソー。おっかしい。もういっぺん、言って」

陽介はニヤニヤ笑いでごまかした。自分でも、さすがに恥ずかしい。軽さが売りのバブル男にとって大仰な物言いは野暮《やぼ》の骨頂、つまりは恥である。

「いや、まあ、ちょっと言ってみただけだって」

「じゃあ、わたしもちょっと言ってみるわよ。あなたが食べるご飯、作ってるのは誰？　あなたが汚すパンツや枕カバーを洗ってるのは？　家の掃除をしてるのは？　毎日あなたが着るスーツやネクタイに虫がつかないよう、季節ごとに防虫剤入れてるのは誰よ」

美緒は勝ち誇った。

はい、はい、はい、はい。おっしゃる通り。

「いや、だからさ。存在感を示したくても、連中が俺を無視するんだから……」

語尾を濁して逃げを図ると、そこから先はもう美緒のひとり舞台だ。

座り直して、切々と訴えられた。

「美菜には、パパがちゃんと心配してくれてるってことを感じさせてほしい。俊には、パパみたいな大人になりたいと思わせるような、しっかりしたところを見せてほしい。反抗していても子供って、親に見ていてほしいと思ってるものなのよ。だから、もっと真剣に、あの子たちのことを思っていることを伝えてほしい」

そんなことが、本当に必要なのか？

陽介は反感を抱きつつも、黙って頷《うなず》いた。

自分を振り返ってみても、生き方について何かを夢見るにしろ決定するにしろ、親の影響を受けたとは思えない。

自然と、したくなることが目の前にあり、そこに食いついた。親がどうとか、気にしなかった。

陽介の両親はいわゆる放任主義だった――んだろうと思う。

父親は会社人間だったが、陽介はそれを恨みがましく思ったりしなかった。母親の「勉強しなさい」一本槍《いっぽんやり》も苦にならない程度にとどまっていた。

陽介が十代だった頃、親の過干渉が原因の家庭内暴力がすでに問題になっていた。それを思うと、陽介がかくも素直に育ったのは、両親が適当に放っておいてくれたからだろう。

俊がおかしくなって人を殺すとか、美菜がうっかり妊娠するとか、あるいは二人とも死んでしまうとか、それさえなければ、好きなように楽しく生きてくれたらいいと思う。

そう思っているだけの自分は、悪い父親なのか？

絶対、違う。

美緒の言い分を了解してみせただけで、陽介は行動を起こさなかった。負けたふりをするのと、負けるのは大違いだ。負けるもんか。

美緒も言いたいことを言ったらスッキリしたらしく、それ以上の追及はせずにフリースクールの情報集めに邁進《まいしん》している。

陽介の見るところ、母親の押しに弱い俊は、北海道かオーストラリアかの「環境のいいフリースクール」とやらに籍を置くことになるだろう。

美菜は母親譲りの負けず嫌いで、なんとしてもアイドルになりたいと言い張っている。こうなると美緒も感情的になり、口論が激化するだけだ。

朝っぱらから、美緒が説教する。

「アイドルなんて消耗品よ。十七歳までしか売り時がないんだから。○○や××を見てごらん。二十歳そこそこで、もう落ち目よ。学歴はないわ、社会性はないわで使い物にならない。たった二、三年もてはやされるのと引き換えに、あとの五十年をどぶに捨てたようなものなんだから。将来役に立つスキルを身につけるほうを考えなさい。外国語とか、情報技術とか。どうせなら、社会的に一流のステージに進むことを目指すのよ。あとになって、ママの言う通りだったって、絶対わかるから」

美菜は、母親に用意してもらったトーストをかじりながらの口答えだ。

「ママって、ほんと、バブル女なんだから。そういう発想、時代に合ってないんだよ」

どこで聞いてきたのか、娘のバブル当てこすりに陽介は少し、噴いてしまった。

「可愛い女の子でいるより、いけてる大人の女になるほうが難しいぶん、やる価値があるのよ！」

上昇志向。そんな言葉を懐かしく思い出す。ほんと、バブルはいい時代だった。物事が単純だった。深く考える必要がなかったせいか。子供らの取り扱いが難しいのも時代のせいだと考えると、納得しやすい。どう考えても、陽介のせいではないのだから。

最近、自転車通勤を始めた。

片道十キロ。まだ週に二日が限度だが、いずれは毎日これにしたい。

着替えの下着とシャツとソックスをリュックに詰めて、Tシャツと半パンでビアンキのクロスバイクに乗る。会社に着いたら汗拭きシートでクリーンアップ。そして、ロッカーに用意しておいた置きスーツに着替えるのだ。

自転車をこぎつつ、頭の中で音楽を鳴らす。歌いたいところだが息が続かないので、脳内で流すにとどめる。

曲はサザンだ。明るさの中に切なさがあるのが、いい。活動が長いのも、いい。桑田佳祐がずっと歌っていると、自分たちも同じようにいつまでもバリバリでいられるような気がする。

四六時中も好きと言って

夢の中に連れて行って――

いくつになろうが、このスタンスでいいじゃないか。

明るく、軽く、浮かれて生きていきたい。暗くて、重くて、深刻なことには目をつぶって、ないことにしたい。それでも生きていけるはずだ。放っておいても、時間は流れていくだけなんだから。

あの頃、バカみたいに遊んださ。だから、わかってる。

人生は楽しんで、なんぼだ。楽しむのも、能力だ。ぼーっとしてたんじゃ、楽しくはならないんだから。

都会の自転車ツーキニストは、カッコいい。

渋滞でいらつく車列を尻目にかけて、すいすい我が道を行く。いかにも都会人のライフスタイルというところが、陽介の自意識を心地よくくすぐる。

身体《からだ》もすっきりシェイプアップされ、CO_2削減の一助ともなり、健康的で地球に優しい。

そこのところに是非、刮目《かつもく》していただきたい。とくに、会社のＯＬたちには「鮲沢さん、素敵！」と憧れの眼差しを向けてほしい。

それなのに、あの女どもときたら——。

この間、古参ＯＬ二人がタッグを組み、クリップ留めした紙の束を差し出してきた。

デスクでコーヒーブレイク中だった陽介がなにげなく受け取り、いつものように、気が向いたときに目を通すべくデスクに放り投げたら、「今すぐ、見てください」と高圧的に迫った。

不動産会社は体質的に古いから、女子社員は事務処理以上の仕事を与えられることがほとんどない。だからといって、弱い立場に甘んじているとは思えない。営業職のようなノルマがなく、プレッシャーが少ないぶん、延々と居座って、何かというと無言の圧力をかけてくる。まるで、牢名主《ろうなぬし》だ。

古参ＯＬは二人とも未婚で、五十代である。役職にはついていないが、勤続年数の長さでけっこうな給料をとっている。多分、定年までいるだろう。

立場としては陽介のほうが上だが、いくらバブル男でも年長の、それも女に対してぞんざいな口はきけない。オバさんは苦手だ。避けて通りたい。

そのオバさんＯＬが押しつけてきたのは、ジムやネットカフェなど、立ち寄りでシャワーを浴びられる施設の情報だった。

「このへんにはまだないんです」

古参№１が、残念そうに眉を下げた。

「自転車通勤はいいことですけど、汗臭いのはお客様に対して失礼だと思いますので」

客は口実で、自分たちが不快だからだろう。ＯＬも古くなると、大義名分を持ち出す知恵が働くから閉口してしまう。

「俺、臭かった？」

陽介は明るく言い返した。

「新発売の汗拭きシート、効果ないのかな」

「言いにくいんですけど」

古参№2が、むしろ嬉しそうに口を挟んだ。

「加齢臭が、ね」

そこで二人は、当てつけがましく目を見合わせて頷き合った。

「自分ではわからないものらしいですね。わたしたちも悩んだんですけど、ここはやはり、直接伝えるのがマネージャーにとってもいいことだと思いましたので」

「わたしたち、マネージャーの人格を否定しているわけじゃないんです。いいお仕事を続けていただくためにも、あえて、身内だからこそ言えることは言おうということになりまして」

こもごも言われて、陽介は二人の背後にいるOLたちに視線を流した。目が合った彼女たちの中には、二人の発言がOLの総意であると示すために頷く者もいれば、目をそらす者もいた。

どちらにしろ、人前で加齢臭を指摘されるのは、恥辱の極みである。

陽介は恥ずかしさと怒りで噴火しそうな胸をなだめ、「わかった」と答えた。

「善処するよ」

古参二人は揃って頭を下げ、踵《きびす》を返した。目配せで勝利を喜んでいるのが、後ろ姿からうかがえた。

実に、実に、ムカつく。

しかし同時に、臭いのはなんとかしなければ、と思った。

自転車通勤を始めたのは、アーバンライフの最先端を行きたいからではない。エコに目覚めたからでもない。

自転車通勤メイトができたからだ。

同じ駐輪場を利用している道原《みちはら》さんという女性だ。

ビアンキのミニベロに乗っている。ショートカットで、いつも膝丈《ひざたけ》のパンツにスニーカーだ。二十五歳、くらい、多分。まだ、詳しいことは何も知らない。デートできたら、いろいろ訊《き》けるんだけどな。

実を言うと、一目惚れしたのだ。

一カ月ほど前、営業の都合でいつもより少しばかり早い時間の電車に乗り、降りた駅前の駐輪場に彼女はいた。

一瞬で、目を奪われた。半分寝ぼけた状態だったから、最初は夢かと思った。すごい美人というわけではないのだが、放つ空気がすごくフレッシュだった。新鮮な果物にナイフを入れたとき、みずみずしい香気がすっと立ち上るような——。

自転車を預けた彼女は、軽い足取りで通りを横切り、角を曲がって、立ち尽くす陽介の視界から消えた。

それから、毎日同じ時間に電車を降りるようにして、駐輪場にいる彼女を携帯で盗み撮り。その画像をパソコンに取り込んで、車種を調査し、自分でも購入した。

同じ自転車に乗っていれば、話しかけるきっかけになる。これも、若い頃に身につけたナンパ術だ。

自転車に乗るのは子供のとき以来だが、一度でも乗れたら永久に乗れるという自転車の法則にのっとって、まず装備から調《ととの》えた。ウエアなどは当然、カッコいいのを選びに選んだ。

形から入る。これぞ、バブル男の基本だ。

突然の買い物に美緒は不満げだったが、通勤の足及び健康のためという二大口実の前に引き下がった。

一週間ほど近くの公園で夜間練習したあとに通勤デビューを果たし、満を持して、彼女に話しかけたのは、発見から三週間後のことだった。

まともな女相手のナンパは久しぶりなので慎重になったが、準備に時間をかければ、あとは簡単。

「ビアンキですね」

それだけでよかった。

「ハイ」

彼女は元気よく答えた。そして、素早く陽介の自転車に目を走らせ、笑顔を全開にした。

「そちらもですか」

初対面でも仲間意識で一気に気を許す。これだから、物マニアの世界はこたえられない。

バブルの頃のナンパも、これだった。相手が持っているブランドに名指しで言及する。これではずしたことはない。

「僕は自転車ツーキニストにデビューしたばっかりで、いろいろ悩んだ挙げ句にビアンキにしたんですよ。色がよくて」

「ですよね。ビアンキは色が魅力なんですよ」

「フィアットとかランボルギーニとかの高級車ブランドも見てみたんですけど、自転車好きにはあんまり評判よくないですね。やっぱり、餅は餅屋ってことなのかな」

「そうなんですよね」

彼女は、したり顔で同意した。

「自転車好きは、フィアットの自転車とか乗ってる人を見ると、ひそかにバカにしてます。性能は並みなのに、値段は十万超しますからね。名前にお金払うなんて、バカげてますよ」

「ですよねえ」

バブル男の常として名前に大枚払う口ながら、陽介は平気で素知らぬ顔をした。

彼女は毎日、自転車通勤だ。初対面（といっても、陽介には三週間がかり）の立ち話でわかったのは、そこまでだった。

それから、駐輪場で挨拶程度の短い会話をするようになった。だが、まだ道原さんという姓だけで、下の名前を知らない。何をしているかも聞いていない。

陽介も毎日自転車通勤に切り替えれば、もっと親密になれるのだが、今のところはそうもいかない。

不動産の営業は、客の都合に左右される。九時五時の定時通りにスケジュールを組めるほうが珍しい。時間が決まっている内勤を羨《うらや》ましく思ったりもしたが、初恋少年のような焦《じ》れったさが楽しくもあった。

こんな思いをするのは、久しぶりだ。

三十代には、飲み屋で知り合った女と頻繁に軽い関係を持った。ところが、四十過ぎると、普通の女と知り合うきっかけがなくなった。

既婚の四十代ともなると、飲み屋でのナンパもうまくいかない。女のほうも酔ったついでにでき上がるなら、より若いほうがいいらしく、さっきまで隣にいたのに若い男が現れた途端に乗り換えられたことがあった。

それならばと友人とメイドカフェに行き、気に入った子をデートに誘ったら、食事をおごったあとで逃げられた。

社内不倫は可能性ゼロだ。ＯＬは古いのばかりだし、派遣社員は愛想なしで、可愛げというものがみじんもない。

その点、道原さんは屈託がない。若くて、元気で、陽介をまっすぐに見て笑ってくれる。受け入れられた喜びでホクホクしていたのに、身内のＯＬどもに加齢臭問題を突きつけられて、にわかに不安になった。

道原さんも、加齢臭に気付いているのだろうか……。

自転車を降りた彼女も汗びっしょりだ。だが、若い女の汗はひたすら健《すこ》やかで、ちょっとセクシーだ。

しかし、加齢臭は……。

自分ではわからないだろうがと、古参OLどもは恩を着せたが、陽介には自覚がある。汗をかくと、拭き取ったあとでもすえたような臭いが残る。気になって、シトラスの香りのヘアスプレーやローションを使ったこともあるが、香水文化がない日本では上司や取引先のオヤジたちに「へえ、おしゃれですね」と嫌みを言われるばかりだ。

ああいう輩《やから》にこそ、「加齢臭は、自分では気付かないらしいですよ」とぶちかましてやりたいが、じっと我慢のサラリーマン陽介は、彼らを刺激しないためにコロン使用をあきらめたのだった。

で、自転車通勤の日は、香り付きの汗拭きシートを盛大に使うことでOKとしていたのだが、それではごまかせないらしい。

対策を考えないとな。

道原さんとデートしたい。そして、他のことでたっぷりと加齢臭まじりの汗に馴染《なじ》んでもらいたい……。

不動産業界にいると、大金持ちの実態に触れることが多い。

金持ちというのは、金に取り憑《つ》かれた連中だ。稼げるなら、一円でも欲しい。それしか考えてないし、そこにしか喜びがない。

一発で当てた成金は、金を遣いすぎて転落していく。だが、年季の入った大金持ちは消費などしない。

金は金を増やすために遣う。トロフィーワイフを持ちたがるのも、成金だ。大富豪は、金のある女と結婚する。

ああはなりたくない。陽介は消費を楽しみたいほうだからだ。

ああいう連中が、バブルを生んだ。バブル崩壊で損もしたには違いないが、暮らせなくなって首をくくるのは一般大衆のみで、金持ちにとっては蚊に刺されたくらいのものだ。それでも彼らは、口惜しがる。

歯嚙みしながら、この損失をどうやって取り戻すか、次の儲け話に耳目をそばだてる。

我利《がり》我利《がり》亡者《もうじゃ》だ。だが、陽介はそれを浅ましいとは思わない。ただただ、「すっげー」と感心する。

そんな連中が大きな金を動かす。その近辺にいることで、陽介たちは世間一般より少しましな報酬を得る。

子供たちはいい学校に行き（二人とも、そこからずり落ちたが）、妻はエステに行き、ブランドの服を着られる。ホテルのレストランでワインをすすりながら、息子をいっそオーストラリアのフリースクールに放り込もうか、などと悩んでいられる。

いい暮らしだ。

俊が暴れて七十インチの液晶テレビを壊そうが、購入した不動産がクズ物件だったと客が陽介を詐欺師呼ばわりしようが、そんなことはスルーできる。

だって、そんなこと、俺にはどうしようもない。

この世は、泣き寝入りするしかないことだらけ。

みんな、そこんとこ、悟れよな。

状況に追い詰められて苦しむなんて、死んでもイヤだ。人生は楽しむためにある。頑張って、楽しいことにしがみつくんだ。

陽介は頑《かたく》なに、そう信じている。

子供たちにも、そう言いたい。人生を楽しんでもらいたい。だが、ストレートにそう言えば反発を食らうのが目に見えている。

それでなくても人間関係がムズカシい十代を生きるだけでも大変なのに、簡単に「楽しめ」なんて言ってほしくない！

俊も美菜も、陽介が何か言おうとすると、そんな目つきをする。

しんどいだろうが、楽しい思いをしようと頑張れば、つかの間でも楽しくなれるんだ。そんな一瞬一瞬をつなぎ合わせて、なんとかやっていくんだ。

人生には、楽しいこともある。その程度だ。それ以上を求めると、失望の量が増えるだけ。

バブルの頃は、毎日楽しかった。そのぶん、揺り戻しも大きかった。陽介もアップアップしながら、ここまで来た。

だが、子供らの世代にだって、楽しいことはあるはずだ。だから、フテくされて時間を無駄にしないでほしい。

それが陽介の、子供らへの願いだ。ただ、その思いを伝える方法がわからない。デート・テクは磨いたけれど、家族向けコミュニケーションはからきし苦手。

だから、せめて子供らが生き延びるための必要経費を稼ごうと、日々頑張っているのだよ。で、陽介が頑張るために必要なのは、甘く切ないロマンスのムードなのだ。


道原さんへの思いに「恋」という文字を当てはめたら、気持ちは一気に「恋」に染まった。

駐輪場に行くたびに、ドキドキする。

どうやって、デートに誘い出そうか。いや、その前に臭い問題がある。悩ましくもときめきつつ、彼女の姿を探した。

すると、なんということ。恋しい道原さんが、駐輪場のおっさんと親しげに話し込んでいるではないか。スマホで写真まで撮っている。

待てよ。これは、話しかけるチャンスだ。陽介は二人に近寄り、「あれ、なんで写真撮ってんの？」と、軽い調子で訊いてみた。

「趣味に協力してもらってるんです」

道原さんは軽快に答えた。

「趣味って、写真？」

「いえ。おじさんです」

「おじさんが趣味？」

「わたし、おじさん同好会のメンバーなんです」

道原さんは少し恥ずかしそうに、目尻を下げて言った。

おじさん同好会。そんなものがこの世にあるとは。

しかし、駐輪場のおっさんは、おじさんというよりじいさんに近いぞ。制帽らしいキャップからのぞく頭は白髪で、グレーのポロシャツに茶色のチノパンで、限りなく普通だ。

陽介の目から、やっかみまじりの疑問が読み取れたのだろう。おっさんは照れた。

「わたしなんかでいいのか、申し訳ないんだけど」

それでもやはり嬉しさを隠しきれず、ニタニタゆるむ唇の端から、今にもよだれが垂れそうだ。

「その、地味ぃなところがいいんですよ」

道原さんは元気よく言い、スマホを大事そうにしまい込んだ。

「じゃ、また」

道原さんは、おっさんと陽介の両方に挨拶をして、いつものように駐輪場から通りに出ていく。

陽介はあとを追った。

出勤時間なんか、ほっとけ。どうせ、自転車通勤の日はいつもより早めなのだ。

「道原さん、ちょっと待って」

後ろから呼びかけると、彼女は立ち止まって振り向いた。屈託のない笑顔が浮かんでいる。

ああ、いいなあ。素直で自然な笑顔。会社のOLどもは愛想笑いもしてくれないし、家族はもはや陽介に無関心で、視線をとどめることもない。

「ごめんね。たいしたことじゃないんだけど、おじさん同好会ってのが、おじさんの一人としては、どうしても気になっちゃって」

ようやく手に入れた、道原さんの個人情報だ。これをきっかけに先に進まずして、なんとする。

自分で自分をおじさん呼ばわりするのは、作戦だ。本当はおじさんと呼ばれたくないし、呼ばせるつもりもない。それが陽介のスタンスだ。しかし、背に腹はかえられない。

彼女は時間を気にするそぶりもなく、すぐに答えた。

「おじさん好きの女子が、それぞれ街中で目についたおじさんモデルを採集して、発表して、語り合って盛り上がるんです。男の人には説明しづらいんですけど」

自分の趣味について語るのは、誰だって好きだ。だから、会話に持ち込める。これが、デート・トークの基本戦術だ。

「よかったら、歩きながら少し話聞かせてくれるかな。仕事でお客さんと話すときに、場をあたためる話題が欲しいんだよ」

こういう大義名分を持ち出すと、下心を隠せる。ナンパずれした女だと、それも見透かされてしまうのだが、道原さんは違う。

「えー、こんな話題でいいんですかあ」と、自分の趣味に興味を示されたことを素直に喜んだ。やっぱりなあ。女の子は、こうでなくちゃ。陽介は嬉しくてたまらない。

「歩きながらでよければお話しできますけど、鰍沢さん、お時間はいいんですか？」

「僕は時間の融通がきくんだよ」

どんな仕事なんですかと、訊いてほしい。だが、道原さんは「そうなんですか」とそっけない。陽介本人には、まだ関心がないようだ。

だからといって、焦ってはいけない。好感を持っていなかったら、はっきり態度に出るはずだ。女は容赦ない。場数を踏んだ陽介には、それがわかっている。

だから、どんどん、こちらから話しかける。

「どんなおじさんが好まれるの？」

陽介は彼女と並んで歩きながら、さりげなく汗拭きシートを使いつつ、質問を繰り出した。

彼女は軽快な足取りを止めることなく、ハキハキと答えた。

「えっとですね。人によりますけど、大体、年齢を受け入れて黄昏《たそが》れてるおじさんが好きなタイプと、いつまでも若いぞ、今が青春だ、みたいな感じで張り切ってるズレ気味おじさんを好むタイプに分かれます」

いつまでも若いぞと張り切るおじさんのほうに自覚がある陽介は、ズレ気味と称されていることに、かなりズキンときた。

「ちなみに、道原さんはどっちのタイプ？」

明らかに黄昏れているおっさんを採集していたのだから、答は見えていたが、一応確かめてみた。すると、やはり。

「わたしは、いい感じに枯れてるおじさんを見ると、可愛くて胸がキュンとなります」

チラリと陽介に視線を送り、くしゃっとはにかみ笑いをした。

俺はどうなんだ、俺は!?

自分では若いつもりだが、まわりからは加齢臭を突きつけられて、へこんでるぞ!

「そんな風に、おじさんに温かい目を向けてくれる女の子が増えてほしいなあ。うちの会社のOLはおじさんに冷たくてね。僕は、自転車通勤し出してから加齢臭で臭いって、責められてるんだよ」

自虐ネタは、まさにおじさんの得意技だ。

案の定、道原さんはまたしてもくしゃっと笑った。

「そういうの気にして、対策してるってわかると、OLさんたちも優しくなりますよ」

「そうかなあ。うちのOLたちは、相当きついんだけど」

「どうしたらいいか相談するとか、悩んでるところを見せればいいんですよ。おじさんであることを認めないおじさんは、愛されにくいです」

可愛いおじさんになったら、愛してくれるかい?

反射的に浮かんだ内面の言葉が、眼差しから漏れ出てはいないか?

我知らず、ごまかすために空を見上げた陽介の横で、道原さんは屈託なく「わたしの職場、そこです」と目の先の八階建てビルを指さした。

「普通のマンションに見えるけど」

「自宅で開業してるウェルネス・トレーナーのところで働いているので。じゃ、失礼します」

ぱぱっと説明をすませた彼女は、陽介に軽く会釈して、エントランスに駆け込んだ。

失礼します――。儀礼的な言い方だ。立ち止まらず、振り向きもせず、行ってしまった。

彼女は陽介のことを、なんとも思っていない。それだけは、わかる。

いい感じに枯れたおじさんではないからか?

陽介はうなだれた。

可能性は、まったくないのか?

若い頃、恋は簡単だった。

金を遣い、喜ばせてやれば、女はホイホイと手に入った。だから、関係を成立させる難しさを知らなかった。

あれは、若かったからだ。だから、いつまでも若くあろうとした。

おじさんになるのは、仕方ない。それでも、カッコいいおじさんでいたい。そして、モテたい。それも、若い女の子に。

オバさんにモテても、しょうがない。オバさんは見境《みさかい》ない。ちょっと感じよくされるだけで、誰彼なく受け入れてしまう。男としても、オバさん相手じゃ、情欲が燃えることはあっても、心の萌えがない。悪いけど。

萌えるという言葉が出現したとき、陽介は「いいね！」と膝を打った。

「燃える」ではないのだ。男の純情は「萌える」もので、「燃える」のとは違う。

いつも新しく、いつもみずみずしく、純度百パーセントであるだけに、不器用になってしまう。

トボトボと会社への道をたどりながら、陽介の胸には道原さんの笑顔と彼女の言葉が去来する。頭から、彼女が離れない。

こらえきれなくて　ため息ばかり
今もこの胸に　夏は巡る

やっぱり、こんなときに脳内に流れるのは、サザンだ。俺のテーマ曲。

駐輪場で顔を合わせて、挨拶と短い世間話。そこから先に進まない。もどかしい日が続く。

そんなある夜、取引先との飲み会があった居酒屋で、男同士のこんな会話を耳にした。

「近頃、おじさんと結婚する二十代が増えたそうだよ」

「援交とかじゃなくて、結婚かよ」

「若い男が恋愛に積極的じゃないから、おじさんにシフトしてるらしいよ。おじさんはある程度金もあるし、生活基盤ができてるし、若い嫁さんに目尻下げっぱなしで可愛がるし」

「いいなあ。そうだと知ってたら、結婚しなかったのに」

「離婚してまで若い嫁さんもらうのも、なんだしなあ」

チラリと目を走らせると、陽介と同じくらいのおじさんが四人席で額を集め、肩をすぼめて、ため息をついていた。

あんたらも、そうかい？

若い女の子とイチャイチャしたいよな。好きだと言ってほしいよな。あきらめたくないよな。望みはほとんど、叶《かな》わない。

人が羨むバブル世代も、その後の人生で思い知らされるのは、現実の冷酷なありさまだ。人は、時代の潮流を変えられない。巻き込まれるだけ。

だけど、恋する気持ちは終わらない。おじさんになり、じいさんになっても。

砂に書いた名前消して
波はどこへ帰るのか
通り過ぎ行く　Love & Roll
愛をそのままに

心の中でそっと歌えば、なんだか勇気が湧《わ》いてくる。

おじさんが好きなら、陽介がもっときっちりおじさんになれば、道原さんがこっちを向いてくれるかもしれない。

そう思えば、加齢臭も受け入れられる。

消臭グッズを携えて、老いない心を追いかけて、めまいのしそうな真夏の果実よ、いつまでも。

Don't Worry Monster

心配しないでベイビー、やっていけるから

二〇一二年、夏。ビーチ・ボーイズが来日公演を果たした。

ブライアン・ウィルソンが、御年七十歳で現役を張る。それより驚いたのが、天才のゆえに社会性にまったく欠け、人気絶頂の六〇年代末からスタジオに閉じこもりがちで、ほぼ世捨て人のように生きていた彼がステージに立ち、数千人の前で歌ったことだ。

公演会場では、ビーチ・ボーイズで青春が蘇《よみがえ》るオヤジたちが感涙にむせんだ。

御大は太って、声も衰え、音程が微妙にはずれる。それは仕方ない。年をとったからだ。だが、なんといっても、作った本人だ。そして、一度は仲違《なかたが》いして離れていた昔のメンバーが顔を揃えた。

ビーチ・ボーイズだ。本物の。

客席で有吉成道《ありよしなりみち》もまた、胸が熱くなるのを感じていた。

『サーファー・ガール』を聴いたのは、一九六三年。成道は十七歳だった。

一発でやられた。これを聴くために生まれてきたような気さえ、した。それほど、衝撃的だった。

明るく、のんきなようでいて、透明な哀愁がある。そして、それ以上の何かがあった。

言葉では説明できない。あえて言えば、魂のゆりかご。そんな感じだ。安定したバランスで、大きく心地よく揺さぶられる。

あれから、五十年近く生きてきたが、ビーチ・ボーイズを上回る楽曲には出会っていない。むしろ、そんなものは要らなかった。

中心人物のブライアンが精神的に壊れてしまったため、ビーチ・ボーイズの活動は迷走しがちだったが、それでも驚くほどのヒット曲が生まれた。若い成道の脳裏に刻み込まれたそれらの前では、その後のどんなミリオンセラーも一瞬で消え去っていった。

人生のサウンド・トラック。それが、成道にとってのビーチ・ボーイズだ。その彼らが、ブライアンを筆頭にはるばる日本まで健在ぶりを見せに来た。

しかし、繊細な少年のような歌声を持っていたカールがいない。やんちゃ坊主のようだったデニスもいない。長兄のブライアンを残して、二人の弟が先に逝ってしまった。

そして、成道の隣の席に座るはずだった妻の永子《えいこ》も。

永子は六十三歳になったばかりの今年四月に、急逝した。一週間後に手術する予定の小さな脳動脈瘤《りゅう》が破裂したのだ。

本人は直前まですこぶる元気で、手術に懐疑的だった。全身麻酔で脳を開けるというほうを怖がったのだ。だが、家族の説得で、しぶしぶ応じたところだった。

まったくの不意打ちで、家族も茫然《ぼうぜん》としたが、本人も死んだことに気付いていないのではないかと成道は思っている。

家のそこかしこに、永子の気配があるからだ。

成道は通夜でも葬式でも、そして今に至るまで、一粒の涙もこぼしていない。

息子の哲《てつ》は永子の話をするたびに洟《はな》をすすって、三十七歳にして意外なマザコンぶりをさらしているし、二つ下の娘、響子《きょうこ》は情緒不安定ですぐに泣いたり怒ったりする。

そして、成道が一片の悲しみも見せないのは「お母さんが死んじゃって、抜け殻になったからだ」と響子は主張し、心配のあまり、怒るのだ。

抜け殻？

そうなのだろうか。しかし、失ったと嘆き悲しもうにも、永子の存在感が喪失感を蹴散《けち》らすのだ。

ただし、それを口にすると、抜け殻どころか頭がおかしくなったと思われるのが関の山だ。

そう認識できることこそ、茫然自失ではない証拠だと思いつつ、四十九日の席で成道は言った。

「なんだか、まだ、そこらにいるような気がしてね。あんまり悲しくないんだよ」

すると、響子が激しく泣き出した。

「そうね。お母さん、お父さんが心配で、そばにいるに違いないわ」

だが、そのあとで鼻水を垂らしながら、叱りつけるように言った。

「だからって、あとを追ったりしないでよ。お父さん、まだ若いんだから。お母さんだって若いのに、あんなに早く逝ってしまって。このうえ、お父さんまでいなくなったら、わたし……」

　すると、響子の夫が差し出口をきいた。

「大丈夫だよ。お義父《とう》さんは長寿の家系だから、きっと、お義母《かあ》さんのぶんまで長生きなさるよ」

　その場にいた九十二歳の父はうなだれ、八十五歳の母が「ほんとに、わたしたちが残って、まだまだこれからの永子さんのお葬式に出るなんて申し訳なくて、こんなつらいこと、ありませんよ」とむせび泣いた。

　真っ赤な目を吊り上げた響子に睨《にら》みつけられ、夫はあわててひれ伏した。

「そんなつもりで、言ったんじゃありません。失言でした。この通りです」

　老親と娘と娘婿がペコペコ頭を下げ合う奇妙な一幕を、成道はやはり傍観するだけだった。

　成道の父と母は、純喫茶『ジャマイカ』の看板夫婦として現役で働いている。

　といっても、近所や常連の生き残りジジババの話し相手をしているだけのようなものだ。

　年季の入ったサイフォンで淹《い》れるコーヒーの味は往年の精密さを失い、濃かったり薄かったりするが、客のほうもそんなことはどうでもよくなっており、香りをかぐだけで満足している。

　ウエイトレス役の母の手元足元も心許《こころもと》ないから、客のほうがカップを取りに来るセルフサービスで、まさに年寄り同士の互助会だ。

　同年齢の多くが死ぬか、棺桶《かんおけ》に片足を突っ込んでぼんやりしているというのに、成道の両親は人と会話して笑えるくらいには頭が機能している。それは、居場所と仕事が確保されている環境のせいだろうと、他の年寄りたちは羨《うらや》ましがったし、成道たち家族もそう思っていた。

戦後、日本のあちこちに現れた『マイアミ』『キリマンジャロ』『ブラジル』といった外国の地名をつけた本格珈琲の店は、揃ってレンガの壁にツタをからませてみたり、ステンドグラスを張り込んだりして、都会的でしゃれた場所の象徴だった。

『ジャマイカ』もその一例で、第二次大戦後に成道の祖父が創業したときは、洋風のファサードと、吹き抜けの二階までをらせん階段がつなぐ構造で、ハイカラな客の人気を集めていた。

しかし、スターバックスのようなカフェ・チェーンが人気の昨今、ただひたすら古びる一方の純喫茶は風景の中の老人斑《はん》のようにすすけて、往来する人の目にはまったく入らない。そのぶん、行き場のないジジババがのびのびと居座って、まるで病院の待合室だ。無論、利益などまったく出ない。

店として使用しているのも一階だけで、空調効率がよくない吹き抜けがとっくの昔にふさがれていることを残念がる人もいない。

両親の道楽のようなもので、一家の生活費を稼いでいるのは、『ジャマイカ』の隣の土地に建っているテナントビルだ。

バブル崩壊のあおりで隣の地主が売却に出したとき、付き合いのある不動産屋に持ちかけられて買ったものだ。実家の土地を担保に、成道がローンを組んだ。

五階建てで、最上階が老親と成道夫婦の二世帯が住むフロア、一階がテナント貸し、残りが

2DKの賃貸マンションという構成だ。

大家業が左うちわという思い込みはいまだにあるようだが、こんなに面倒くさいものはない。家賃滞納の挙げ句に荷物を置きっ放しで姿をくらませたとか、夫婦喧嘩《げんか》で何度も救急車やパトカーが来るとか、あるいは空き室がなかなか埋まらないなどで、気の休まる暇がないのだ。

それでも、永子がピリピリしないタイプの女なので助かった。

「なんとかなるわよ」

いつも、そう言った。

「考え込んでもしょうがないから、運を天に任せようよ」

こんな風に楽天的な人間こそ、長生きすると思っていた。

だが、違うそうだ。

通夜に来ていた永子の親友が、涙を滲《にじ》ませながら言った。

「わたし、本当のことを言うと、訃報《ふほう》を聞いたとき、やっぱりって思っちゃったのよ。永子ちゃんは、執着ってものがなかった。なるようにしかならないっていつも言ってて、どこか達観してるっていうか、この世にお客さんで来てるみたいなところがあってね。残された者はすごく悲しいのよって、永子ちゃんに言っておけばよかったと、今、後悔してる。けど、この潔さが永子ちゃんらしいとも思うのよ」

そういえば、永子は日記をつけなかった。保険会社がくれる手帳や家計簿には毎年、一月半ばまでしか書き込みがない。

記録ということをしない女だった。何かの必要があると、手近なチラシの裏や新聞の片隅に走り書きし、用がすんだらゴミ箱にポイ捨てした。無頓着《むとんちゃく》で、何でもすぐ捨てる。成道の読みかけの週刊誌や開封してない手紙まで捨てた。

「捨てる前に確かめてくれよ、頼むから」と何度注意しても、「ごめーん。今度から気をつけるから」と口だけだった。

そうか。永子には執着心がなかったのか。物だけでなく、家族や自分自身にさえも……。

そう思う一方で、いや、口に出さないだけで、いい加減長生きしすぎの義理の親との同居や、大家としての心労で消耗していたのかもしれないとも思った。

脳動脈瘤は、ストレスの塊だったのではないか。治療して治ったら、また同じ生活が続く。それにうんざりして、もう、いいやと思ったのではないか。

永子は、『ジャマイカ』がある古い三階建てのテラスで倒れていた。

そこは成道が子供の頃は物干しとして使っていたのだが、周辺にビルが建ち始めると丸見えになるため、エアコンの室外機と老親が気まぐれに育てる鉢植えの置き場になり果てていた。

しかし、「せっかく日当たりがいいのに、もったいない」と知り合いにたきつけられた永子が、去年からプランター菜園作りに乗り出した。

永子は何にでも手を出すが、続いたためしがない。飽きっぽいところがある。だから、今度もいつまで続くかなどと、家族は笑い話にしていた。それでムキになったのか、あるいは本人が言うように、一日一日と生長が目に見えるうえに収穫すれば食べられる達成感がよかったのか、今回はすこぶる熱心だった。

トマト、キュウリ、小松菜、ミニ大根と少しずつレパートリーを増やし、四月はラディッシュとルッコラを植えると張り切っていた。

あの日、成道は午前中、町内会恒例の年度替わりミーティングに顔を出し、その後、『ジャマイカ』で両親とテレビを見ながら無駄話をして、昼食を一緒に食べようと、永子を迎えに三階に上がった。そこは、いつしか夫婦がそれぞれ一人になりたいときに使う空間となっており、オーディオセットと簡易書棚とマッサージチェアを持ち込んで、「別宅」と称していた。

去年から増殖中のプランター菜園用の肥料や土の袋ごしに名前を呼んだが、返事がない。テラスをのぞいてみると、プランターの向こうに寝転がった足が見えた。

永子は培養土の袋に覆い被《かぶ》さるように倒れていた。あわてて抱き起こしたとき、すでに意識はなかった。

くも膜下出血だった。

発見が早かったらとうなだれる成道に、医者は、おそらくあっという間のことで、その場にいたとしても救急車が来るまでもたなかっただろう、と話した。そのぶん、苦痛はなかっただろうとも。

説明したのは、手術する予定の担当医ではなく、その日が勤務日の同僚外科医だった。

成道は茫然としていたが、響子が食ってかかった。

「まだ先でも大丈夫って、そういう判断だったんでしょう?　これは医療過誤じゃないんですか」

悲鳴のような声で責めた。

「動脈瘤のリスクを百パーセント予測するのは、現代の医学ではまだ不可能なんです。有吉さんのレベルの動脈瘤が破裂するのはレアケースです。わたしどももこんなことになって、残念です。口惜しいです」

若い医者は深く頭を下げた。

「残念とか口惜しいとか、それですむんですか、病院って」

逆上する響子の肩を抱いてなだめたのは、哲だった。成道は、ベッドの上で眠っているかのような永子の傍らに座り込んだ。

そうか。おまえは逝っちゃったのか。

心の中で言ってみた。だが、頭の芯はしびれたようにぼんやりしていた。

遺体となった永子を連れて帰宅すると、老親をはじめとする見知った顔が、一様に深刻な面持ちでわらわらと寄ってきた。そんな中で、葬儀業者が驚くほどの手早さで通夜の調《ととの》えをしていく。通夜と葬儀の打ち合わせは、哲と響子がした。

「お父さんはいいから」と、響子が言ったのだ。どうにもならないように見えたらしい。

実際、そうだったのだが。

所在なく、成道は永子が倒れたテラスに上がった。

あわてたので、土や肥料がぶちまけられたままだ。

プランター菜園はどうするのだろう。響子はやるだろうか。いつも、収穫したものをもらいに来るだけだったが。

とにかく、このままにはしておけない。片付けようと小さなシャベルを手にしたとき、永子が話しかけてきた。

「ねえ、ビーチ・ボーイズ、ほんとに来るかなあ」

一瞬振り返りそうになったが、かろうじてやめた。

幽霊なのか。一瞬、そう思ったが、幽霊なら金縛りにあうとか、寒気がするとか、そんな異常な感じがするのではないかと思った。

それは、ない。いつもの永子がそこにいる。その馴染《なじ》んだ感覚しかない。

それに、これは記憶のぶり返しだ。

ビーチ・ボーイズが三十三年ぶりに来日するという発表があったのは、二〇一二年の三月だった。

「ブライアン、大丈夫なのかなあ。ドタキャンするんじゃない？」

ビーチ・ボーイズ好きの仲間から届いた携帯メールを見せたとき、永子はそう言った。

「大丈夫だから、来るんだろう？　トリビュート公演でも、元気に歌ってたじゃないか」

二〇〇一年にニューヨークで、ブライアン・ウィルソンを慕う大物ミュージシャンが集まって、本人と歌った。その模様はテレビ放映され、二人で見て盛り上がったのだった。

「あれはすごかったねえ。エルトン・ジョンとビリー・ジョエルとポール・サイモンが嬉しそうに『FUN, FUN, FUN』を、ファン丸出しで歌ってるのを見たとき、なんだか、どんなもんだいと思ったわ」

「昔っからのファンはみんな、そう思ったよ。生きた伝説のミュージシャンのもっと上に、われらがビーチ・ボーイズはいるんだから」

「けど、あれから十年以上経《た》ってるのよ。ほんとに来るのかしら。来たとしても、カールがいないんじゃねえ。あの声なしで『神のみぞ知る』や『グッド・バイブレーション』は成り立たない」

永子はカールの声が好きだった。

ビーチ・ボーイズのファンはどちらかというと男が多く、女たちはビートルズをはじめとするブリティッシュ・ロックバンドに夢中になっていたように思う。

永子は成道が初めて出会った、ビーチ・ボーイズ好きの娘だった。それでいて、泳げなかった。サーフィンなんて、どこが面白いのかわからないと言っていた。

「海は泳ぐところじゃなくて、眺める場所よ」

ビーチ・ボーイズだからって、夏の海で浮かれている若者の音楽だと思われたら困る。あれは宇宙のシンフォニーだと、真顔で言った。

「なんか、すごーく、壮大なのよ」

大きく腕を広げ、空を見上げて、全宇宙を身体《からだ》で示しながら、永子は言った。

「メロディーが、こーんな風にうねるでしょう？　それで、すーっと引き込まれたところに、カールの声が天から降ってくる」

歌真似しようと口を開けて、一声出して、すぐやめた。

「鼻歌でかるーく歌えないのよね、ビーチ・ボーイズって。とくにカールは、真似できない。もう、目をつぶって聞き入るしかない。なんて言うか、あまりにも純粋なのよ」

熱弁を振るう二十歳の女子大生に、成道は惚れ込んだ。

永子は、『ジャマイカ』のバイトだった。経理担当及び、いずれ三代目を継ぐマスター見習いとして店に出ていた成道は、その頃から結婚したいと伝えていた。

永子が決めかねた。二十歳で結婚は早すぎると思ったようだ。

だが、就職して二年ほどＯＬを経験したあと、「もう、いいかみたいな感じ」という言い方で、成道のプロポーズに応じてくれたのだった。


葬式が始まる前と出棺のとき、『神のみぞ知る』を流した。参列者は同世代が多いせいか、好評だった。

業者が使うしめやかな音楽はいかにも「悲しいですねえ」「ここ泣くところですよ」と押しつけているようで、かえって白ける。その点、『神のみぞ知る』は、優しくて美しくて、そのうえ「きみがいなければ僕がどうなってしまうか、神様だけがご存じだ」というくだりが、泣けた――。

そんな参列者の感想が、響子の取り越し苦労を呼んでしまった。

「お父さん、まさか、あとを追うとか、しないわよね」

骨を抱いて帰宅したとき、泣きはらした目で突き刺すように、成道に迫った。

「やめてよ、ヘンなこと考えるのは」

「響子、よせよ。縁起でもない。あれは、お母さんが一番好きだった歌だから、使ったんだよ」と、哲が戒《いまし》めた。だが、響子は聞く耳を持たなかった。

「それでなくても、奥さんに先立たれた亭主は三年ももたないって言うじゃない。気落ちするからよ。でも、お父さんはまだ若いんだから」

そこからあとは号泣の響子に家族の関心が集まる中、当の成道は「ということは、俺の人生も、あと三年か」などと考えていた。

そう悪くはないと思えたのは、やはり、永子なしでは生きていたくないからなのか。

自分では、わからなかった。

四人の孫は、大きい順に泣く、戸惑う、飽きてグズる、眠りこけると態度を分けているが、一様に儀式に付き合わされることに辟易《へきえき》しているようだ。

孫は可愛いものだというが、成道には煩《わずら》わしさが先に立つ。永子は可愛がっていた。だが、「孫って疲れるねえ」とも言っていた。永子のそんな率直さが好きだった。

トイレに立つふりをして、通夜が行われているマンションを離れ、行った場所はやはり、二人の「別宅」だった。

マッサージチェアに横たわったとき、またしても永子の含み笑いを聞いた。

「響子は大げさよねえ。誰に似たんだろう」

永子がクスクス笑いながら、言う。

そうなんだ。響子はすぐ泣くし、すぐ怒る。喜怒哀楽をすぐ表に出す活発な娘だ。それに比べ、成道も永子も楽天的というのか、あまり物事を深刻に受け止めず、のんきにやってきた。似た者夫婦といわれたものだ。

おおらかでのんきで、小さなことにこだわらない。そういう人間は長生きすると思っていた。

そうじゃなかったのか。


つい、この間、駐輪場で二十代らしき女の子に、「街で見つけた可愛いおじさん」としてブログで紹介させてくれと頼まれた。

朝の散歩を習慣としている成道が駅近くの駐輪場に立ち寄るのは、ビーチ・ボーイズ好き仲間の吉田が管理人のバイトをしているからだ。

バカ話に興じると同時に、吉田がトイレに立ったり、コンビニに買い物に出かける間の留守番をする。先日も、それで一人で事務所にいたときに、話しかけられたのだ。

帰ってきた吉田は、「ちくしょう、そうと知ってたら、ずっといたのに」と口惜しがった。

だが成道は、さほどいい経験と思えなかった。

その女の子に「感じがいい」の「チャーミング」の言われ、カメラまで向けられて、成道は礼儀として笑って応対したが、本当はバカにされたような腹立ちを覚えたのだ。

可愛いと言われてムッとするのは、自分が古い男だからなのだろうか。

だが、若い娘には尊敬されたい。間違っても、おもちゃ扱いされたくない。

六十を過ぎて、二十も三十も年下の若い女と結婚する芸能人のニュースが流れる。テレビなどはまるで快挙のごとく報道するが、世間の同世代がみんなそれを羨ましがっているとは、成道には思えない。

団塊の世代は、男女平等を教育された最初の世代だ。機会均等法が生まれたのはもっとあとのことだが、女子は強くて「男を立てる」という気遣《きづか》いなんか持っていなかった。

嬌声をあげてアイドルを追いかけ、デモともなると男子学生と肩を並べて行進した。男がやることはなんでも一緒にやる。そんな気概があった。友達夫婦という表現が生まれたのも、この世代からだと思う。

成道にとっても、永子は友達だった。共通の話題があり、考え方も似ていた。それはとりもなおさず、同じ時代を生きた者同士だからだ。根っこの土壌が共通なのだ。

三十も年下の女と話が通じるのか？

若い女と結婚する芸能人を見ると、実年齢よりずっと若い自分をアピールするのに必死の焦燥感を感じて、「ご苦労なこった」と思う。

それより成道は、国民から総スカンを受けながらも若いダイアナを捨て、昔馴染みの女（何度教えられても、名前を覚えられないが）と再婚した英王室のチャールズ皇太子に好感を覚える。

人間、最後は同じペースで時を重ね、人生の秋を共感し合えるパートナーと、昔話に花を咲かせながら、のんびり過ごしたいものだよなあ。

その点、永子は理想的だった。

だが、いなくなった。

気配はあるし、喪失感もないのだが、いないのだ。永子は死んだ。先立った。

俺はこれから、どうすればいいんだろう。


ブライアンが駆け回っている。

原っぱで、と言いたいところだが、ここは有料のパピー教室だ。

子犬のうちに捨てられたブライアンのみならず、経験不足から及び腰の飼い主成道も、規制だらけの都会で生きるための訓練を受ける。

ブライアンにとっては、ここは思いきり運動できる解放区でもある。高い塀に囲まれているところがちょっと、刑務所の運動場を連想させなくもないが。

ともあれ、成道はブライアンが他の子犬たちともつれ合いながら転げ回って遊ぶ様子を、少しばかり痛々しい思いで見守った。


犬を押しつけてきたのは、娘の響子だ。

男やもめとして老いていく日々に張りを持たせるには生き物を飼うのが一番、だそうだ。

「お父さんの年なら再婚という手もありだけど、わたしたちに抵抗がある。うちは大金持ちってわけじゃないけど地主だから、それ目当てで近寄ってくる女がいないとも限らないじゃない？　それに、わたしとしては、お母さん以外の人をお父さんが好きになるのって、イヤだし。お兄ちゃんはその手のこと口に出さないけど、同じ気持ちよ」

そう言いつつ、響子は後ろめたさからか、ふくれっ面をした。

「こんなこと言うと、子供のわがままで親の幸せをつぶしちゃいけないとか説教されそうだけど」

成道は黙って、小さく微笑《ほほえ》んだ。

成道にしても、永子以外の女と暮らす自分を想像できない。なんてことを表に出すのは照れくさいから、否定も肯定もしないのだが。

「でも、一人っきりっていうのはよくないと思うのよ」

響子は一転、強く言った。

「とくに男の人って、人付き合いを面倒くさがるでしょ。だけど、閉じこもってほしくないの。そういうことを考え合わせると、この際、犬を飼うべきだと思う」

犬は散歩させなければならないから、必然的に毎日外に出る習慣ができる。自分自身の運動にもなるし、犬が介在することで人とのコミュニケーションがしやすくなる。

そんなもっともらしい解説のあと、響子が見せた携帯の画面から、『鉄腕アトム』のひげオヤジを連想させるジジイ顔の犬が所在なげな濡れた瞳で、こっちを見ていた。

ミニチュア・シュナウザーという犬種だが、公園に捨てられていたところをみると純血種ではなく、他の犬とのミックスかもしれない。男の子（ペット愛好者は、オス、メスとは言わないそうだ）で三カ月くらい、と、但《ただ》し書きがついていた。

「動物の里親探しのＮＰＯに参加してる友達が紹介してくれたの。捨て犬だけど、まだ小さいから、人間不信になってなくて飼いやすいって。もちろん、誰でももらえるわけじゃないのよ。きちんと面倒を見る責任感と覚悟と愛情深さを要求されるの。正しいでしょう？　ほんとはお父さんみたいに、六十五過ぎて若い世代が同居してない高齢者所帯はお断りなんだけど、わたしやお兄ちゃんがついてるから、家族ぐるみと考えてもらっていいって言ってある。犬がいれば、孫たちが遊びに来る回数もぐっと増えるわよ」

響子は興奮気味だ。よるべない父親と捨て犬の両方を救える一挙両得のアイデアに自己陶酔しているようだ。

「だがなあ。飼った経験がないんだ。ちゃんと面倒を見られるのか、自信ないよ」

「お父さんたら、大げさに考えすぎよ。お父さん、普通に優しいもの。絶対、大丈夫よ」

普通に優しい——？

近頃の言い回しは、ほめているのかけなしているのか、判然としない。

「ペットってお金がかかるけど、この案にはお兄ちゃんも賛成してて、医者とかドッグランの使用料とかはわたしたちで負担しようって話し合ってるの。何かあったら、預かるし」

成道は、この申し出を受け入れた。子供たちの配慮を無にしたくない以上に、子犬とは思えないジジイ顔に興味を引かれたのだ。

三十三年ぶりの来日公演で見たブライアン・ウィルソンに、そっくりだ。陽気さに決定的に欠けていながら、陰鬱《いんうつ》ではない。無表情なのだが、冷淡ではない。ぼんやりしているようで、どこか遠くを注視しているような……。

周囲の人間を戸惑わせるが、本人は奇妙に落ち着いている隠者の顔。

三十三年前の来日公演にも、永子は行けなかった。当時、二歳の響子が熱を出したのだ。成道の母が看病すると申し出たが、響子が永子の顔が見えないとひきつけを起こしそうなほどヒステリックに泣くので、仕方なくあきらめたのだった。

成道は少々後ろめたさを感じたが、自分も付き合って行くのをやめる、なんてことはできなかった。

生身のビーチ・ボーイズだぞ!

ブライアンの精神と肉体の不健康ぶりはすでに有名だった。飛行機に乗るだけでパニックになるという状態を脱して、ライブツアーに復帰した矢先のことだった。しかし、あのブライアンのことだ。このときを逃すと次はないかもしれない。そんな危機感があった。

だから、行った。あのときはカールもデニスも生きていた。

だが、ブライアンは死んだも同然に見えた。

とはいえ、音楽は生き生きしていて、その場にいるとビーチ・ボーイズの楽曲に全身を包まれ、天まで持ち上げられるような快感を得られた。それだけに帰宅後、行けなかった永子を羨ましがらせるようなことは言えなかった。

「ブライアンがずっと強張《こわば》った顔で、一度も笑わないんだ。やっぱり、無理して来たんじゃないかな。痛々しいし、全然楽しくなさそうなのが見てて寂しくて、複雑だったよ」

「そうなの」

哲に伝染しないよう、響子は夫婦の寝間に寝かされていた。つきっきりの永子は、ようやく落ち着いて眠る響子の脇に横たわったまま、呟《つぶや》いた。

「ブライアンは人前で演奏したり歌ったりするより、一人で宇宙から届くインスピレーションを地球の音楽にするのに一生懸命になっていたいんでしょうね、きっと。でも、お金稼がなきゃいけないから、無理してはるばる日本まで来たんだ。あんな人たちでも、浮き世の苦労はついてまわるのね」

淡々としてはいたが、ゴロリとあおむけになって大きく伸びをした拍子に、振り絞るように言った。

「でも、やっぱり、カールの生声、聴きたかったなあ」

自分一人で聴いてきた成道は、申し訳なさで一杯になった。

「この次は、何があっても行けばいいよ」

「そうね」

だが、「この次」はなかった。

二〇一二年の夏。カールもすでに亡く、永子が「カールの声じゃないといけない」と言っていた『神のみぞ知る』は、録音された彼の声にハーモニーをつける形で演奏された。

それを聴きながら、成道はそこらにいるだろう永子に、心の中で言った。

カールはそっちにいるんだから、目の前で歌ってもらえるじゃないか。

とにもかくにも、七十歳のブライアンは来日し、隠者然とした無表情で公演をこなして、去っていった。

会場にいたオールドファンはほとんど、涙しつつ熱狂した。

これが最後だ。

みんな、そう思ったに違いない。生身のブライアンを見るのも、自分たちが総立ちで音楽に酔いしれる一夜を過ごすのも……。

その感慨は、悪いものではなかった。

人はどうあれ、成道はそうだった。ブライアンにも自分にも、今世での「この次」は、もう、ない。それが喜ばしいような気さえ、した。

そんな心持ちを響子は「抜け殻」と見て、気を揉《も》んだのだ。

そして、ブライアンがやってきた。

成道は小動物に興味がなかった。

成道が子供の時分には野良犬がうろうろしていたし、飼われる場合も主に玄関近くの犬小屋で不審者が来たらキャンキャン吠える番犬の役割を担っていた。よって、犬を飼っているのは一軒家住まいのサラリーマンと相場が決まっていた。

飲食店で生き物を飼うのは御法度《ごはっと》という不文律のせいかもしれない。成道も捨て犬や捨て猫を拾ってこないよう、親に言い聞かされていた。それに、お祭りの屋台ですくった金魚にすぐに飽きてしまい、むざむざ死なせてしまった経験から、生き物を飼うのは面倒だと悟って、それっきりにしたのだった。

それなのに、齢《よわい》六十六にして犬と暮らす身になった。

飼ってみてわかったが、犬というのは絶えず人間を意識している動物だ。人間の仕事の補佐役を務めるべく作られた歴史を持っているせいだと知識はあったが、飼ってみるまでは実感できなかった。

基本的に室内飼いで、マンションと『ジャマイカ』三階の「別宅」を成道と共に行き来する。両方に置いてあるトイレへのしつけは、里親ＮＰＯがある程度してくれていたおかげで、一週間もせずに覚えた。

ケージも用意したが、夜は成道のベッドで添い寝だ。そして、起きている間中、成道についてくる。

起きているときは足元をちょろちょろし、床やソファの上でへたり込んでいるときは目で成道の動きを追う。まるで、「僕も気にしてるから、おじさんも僕のこと、忘れないでね」と言っているみたいだ。

一人暮らしの年寄りに小動物をあてがうのは名案かもしれないと、成道は思った。こう、あてにされては、うっかり死ねなくなる。

とはいえ、死を切望しているわけではないのだがな。ただ、どこか、心身の中心部あたりがぼんやりしている。

それが永子の死によってもたらされたものなのか、自分本来の性分なのか、成道にもわからない。

だが、ブライアンが来て以来、一人でいるときに話しかける相手が永子からブライアンに変わった。


パピー教室に申し込んだのは、散歩のマナーをブライアン共々、学ぶためだった。

おかげで週に一回、三カ月の講習を終えて、ブライアンは成道の左側を足並みを揃えて歩く術《すべ》を覚えた。

それでも、ときどき他の犬を見かけると立ち止まったり、そばに行こうとしたりで、成道を戸惑わせる。リードを引っ張る力の大きさに驚くのは、そんなときだ。つまりは、これだけのエネルギーを抑止しているのかと、ときどき罪悪感を覚える。

犬は飼い主の意向に従うのを喜びとするのだから、よくやったとほめてあげれば満足なんです、とトレーナーに教えられた。

成道はそのとき、「犬がそう言ったんですか」と反射的に皮肉を飛ばしたくなった。しかし、ブライアンが何かというと成道を見上げる様子はいかにも、「これでいい？」「ほめてくれる？」と問いかけているようで、いじらしくなる。

ブライアン・ウィルソンそっくりの隠者顔だが、性格は正反対で社交が大好きと見える。散歩の途中、「あ、ワンちゃんだ」などと自分に注意を向けてくれる人間がいるのを察知すると、つい、そっちを見る。

成道がつられて足を止めたら最後、鼻先を声を発した人のほうに向けて、駆け寄る準備万端だ。

犬が介在すれば人とのコミュニケーションがしやすくなると響子が言っていたが、その通りだった。これで、ずいぶん顔見知りができた。

散歩の途中で知り合う人たちのいいところは、興味の対象が犬に限られており、成道自身についてあれこれ詮索《せんさく》しないことだ。

このような関係性は、楽でいい。ブライアンも基本的に成道に忠実だから、共生相手としては最高といえる。

もしかしたら、ブライアンは永子の生まれ変わりか？

と、じっとその目をのぞき込んでみたことがあったが、「そんなわけ、ないでしょ」と笑う永子の声が脳内で聞こえた。

生前の永子は、ブライアンほど成道の動向を気にしなかった。

気にしないのに、気が合った。そんな女と夫婦だった。先立たれたが、成道の孤独を躍起になって心配する子供たちがいるのが、自分たち二人の功績だ。

だから、まあ、よかったじゃないか。

半年が過ぎて大きくなったブライアンを見に来た響子に、その感慨を話した。すると、響子はまたしても泣きながら怒った。

「そんな晩年トーク、しないでよ。縁起でもない」

晩年トークか。

『フール・オン・ザ・ヒル』の境地ともいうらしいよ。

先日、ブライアンの散歩道で知り合った中年女が、そう言った。

彼女はウォーキング・エクササイズを始めたところだとかで、川沿い緑地の遊歩道をコースにしていた。そこで、ブライアンと目が合ったのだ。

しゃがみ込んだ彼女に、ブライアンはまっしぐら。頭を撫でてもらいながら、彼女の腕やら膝《ひざ》やらに鼻先をこすりつけて甘ったれた。

成道は「こらこら、いい加減にしろよ」と一応、飼い主らしくたしなめた。だが、甘えさせてくれる人なら、あえて引き離さない。捨て犬だったブライアンに、見知らぬ人にもたっぷり可愛がってもらえる経験を与えたいのだ。

「なんて名前ですか？」

訊《き》かれるのは、犬の名前だ。飼い主の名前は誰も訊かない。実に気楽だ。

「ブライアンです」

「ブライアン。ストーンズの？」

ローリング・ストーンズの初期メンバーの名前がすっと出てくるところをみると、この女も六〇年代に青春を過ごしたようだ。だが、やはり、ブリティッシュ・ロック派だな。

「いいえ。ウィルソンです」

「ビーチ・ボーイズの」が、二人同時のコーラスになった。

「この夏、来日しましたよね。ライブ、ご覧になりました？」

「ええ」

「いいなあ」

女は立ち上がり、軽く足踏みをした。

「ポールも来てくれないかしら。ブライアンと年は同じくらいでしょう。オリンピックの開会式で歌ったくらいだから、まだまだやる気満々のはずだもの」

マッカートニーだな。

同世代だと、共通の話題さえあれば、自己紹介なしでいきなり会話が成立する。それにしても、この警戒心のなさは、やはり犬のブライアンと人間のブライアンのおかげだろう。

「来るといいですね」

成道の答は当たり障《さわ》りがないが、会話を嫌がっているわけではないのだ。だが、女はあわてた様子で頭を下げた。

「すいません。足止めさせちゃって」

「いえ、いいんですよ。のんびり、犬と散歩してるだけですから」

「いいですねえ、そういうの」

女は、二人の間にちょこんと座って両方の人間の顔を見比べているブライアンに視線を向け、だしぬけに言った。

「わたし、今年、六十歳になったんです」

「それは、おめでとうございます」

何心なく言うと、身をよじって照れた。

「それがどうした、ですよねえ。すいません。六十になったのに気持ちがついていけないもんだから、早く馴染むために誰彼かまわず言いまくってるんですよ。友達に、だから、どうしてほしいんだって怒られました。わたし、『フール・オン・ザ・ヒル』みたいな老境を迎えるつもりなのに、全然だわ」

女は汗止めらしきタオル地のヘアバンドをはずして、天を仰いだ。

「『フール・オン・ザ・ヒル』ですか」

またも、オウム返しだ。話題がビーチ・ボーイズなら一言加えられるのだが、ビートルズではなあ。

しかし、気にすることはない。あっちが勝手にしゃべってくれる。

「丘の上から日が昇って沈んで、時間が流れていくのを悠々と見下ろす。そういう風になりたいんです。あくせくしたり無駄に焦ったって、どうにもならないってことが十分わかってる年なんだから。それなのにねえ」

女はヘアバンドでバタバタと顔をあおぎつつ、成道に苦笑いを見せた。

「付け焼き刃のウォーキング・エクササイズなんかより、犬と散歩を楽しむほうが、ずっと『フール・オン・ザ・ヒル』っぽいわ」

「さあ、そういうことになるかどうか。この犬は死んだ家内の身代わりにと、子供らが連れてきたんですよ」

「あ、あの、それは……」

女はお悔やみの言葉を言おうかどうしようか、戸惑っているようだった。

家族の死を他人に明かすことの面倒くささは、これだ。関係ない人が口にするお悔やみほど空疎なものはないのだし。

女にそれを言わせないために、成道は笑ってブライアンに視線を向けた。

「身代わりになるかどうかはわかりませんが、こいつがそばにいると楽しいですよ。確かに、こいつと過ごす老境は、いいもののような気がしてきました」

「あの、すみません、わたし、老境だなんて言って。そういうことは人それぞれなのに、利口ぶって。ああ、もう！」

女は片手で自分の頭を張り飛ばした。

「『フール・オン・ザ・ヒル』どころじゃないわ。考えすぎて、ひねくれ曲がるばっかり」

「まだ若いからですよ」

成道がそう言ったのは、社交辞令だ。だが、女はキッとなった。

「イヤですよ、若いなんて。健康は保ちたいですけどね。精神はしっかり、老いたいんです、わたし。あー、やっぱり、ひねくれ曲がってるわ」

一人で宣言して一人で反省した女は、目を丸くする成道にぺこんと頭を下げ、ついで、しゃがみ込んでブライアンの頭をひと撫でした。

「じゃね、ブライアン。またね。すいません、お邪魔しましたあ」

よいしょっとかけ声付きで立ち上がり、姿勢をただして一度深呼吸すると、大股《おおまた》で歩き出した。

成道は首だけ振り向けて、その後ろ姿を見送った。そして、足元のブライアンに目をやった。

ブライアンも耳を立てた怪訝《けげん》な面持ち（に見えた）で、成道を見上げている。

「なんなんだろうね、あの人」

そう言っているようだ。

「六十になったから、焦ってるんだよ」

答を口に出していた。おっと、とばかり、人に聞かれていなかったか、周囲を検分した。

誰もいない。ほっとしながら、今度は誰に聞かれてもいい言葉をブライアンに投げた。

「さ、行くか」

ブライアンはさっと立ち上がり、成道と足並みを揃えた。

そうだ。この感じ。

ちょっとしたことで短く会話しつつ、一緒に歩く。

永子とは、こんな夫婦だった。

しかし、ブライアンが現れたことで、永子の存在感が消えたわけではない。

永子は、ブライアンと歩く成道のそばにいる。クスクス笑っている。それが感じられる。

死なれて、わかった。死は喪失ではない。

人は死を介して、宇宙を巡る永遠の循環気流とつながるのだ。終止符のないビーチ・ボーイズの歌のように。


同じビーチ・ボーイズ好きでも、二人の気に入りの曲は別だった。

永子は『神のみぞ知る』。成道は『ドント・ウォーリー・ベイビー』だ。

聴いた瞬間から好きで、その後もマイ・ベストの座から降りたことがない。この年になれば、もう王座決定だ。自分の葬式には、これを流してもらおう。

ブライアン・ウィルソンは精神を病み、薬やアルコールや過食で肉体を蝕《むしば》んで、いつ死んでもおかしくないといわれてきた。

そんな彼なのに、作る音楽は生命力に満ちている。

「ブライアンは、音楽に生かされてるのよ」と言ったのは、永子だ。

「宇宙に流れてるエンドレスの音楽を地球に呼び込むパイプなのよ、彼は。だから、音楽が聞こえる限り、彼はこの世にいるの」

生きることに消耗し、苦しみながらも、いったん音楽に向き合うと、ブライアンはこんな歌を作る。

心配しないで、ベイビー
何もかも、うまくいくから

生きている間、永子は成道にそう伝えてくれる存在だった。言葉ではなく、そのあり方で。そして天上に昇った今も、永子は成道の人生を構成する主要部分だ。

ビーチ・ボーイズと永子がいる人生。それを最後まで、成道は生きていく。そのことを、今度は成道が子供たちに、そして永子に、伝える番だ。

心配しないで、ベイビー。なんとか、やっていけそうだよ。

つい、この間、母親が店でコーヒーカップをひっくり返して、右手から腕までを火傷《やけど》した。回復が遅くて、意気消沈。父親にも弱気が伝染して、臨時休業の札を出した『ジャマイカ』はそのまま店じまいとなりそうだ。

老々介護が始まるぞ。どうなることやら。だが、わりと平気だよ。

そうだ。きっと、なんとか、やっていけるから。

心配しないで。

平安寿子
1953年広島県生まれ。フリーライターを経て、99年、「素晴らしい一日」でオール讀物新人賞を受賞。2001年、同作を含む『素晴らしい一日』でデビュー。近著に『コーヒーもう一杯』（新潮社）、『しょうがない人』（中央公論新社）などがある。

この作品は「星星峡」2011年6月号から2012年11月号に
連載されたものに加筆修正を加えました。

心配しないで、モンスター
2013年2月25日　第1刷発行

著者　平 安寿子
発行者　見城 徹

発行所　株式会社 幻冬舎
〒151-0051 東京都渋谷区千駄ヶ谷4-9-7
電話　03(5411)6211(編集)
03(5411)6222(営業)
振替00120-8-767643
印刷・製本所　中央精版印刷株式会社

検印廃止

ISBN978-4-344-02340-6　C0093
幻冬舎ホームページアドレス　http://www.gentosha.co.jp/

この本に関するご意見・ご感想をメールでお寄せいただく場合は、
comment@gentosha.co.jp まで。